AF210639

© Hannu-Pekka Saukkonen
Kustantaja:BoD-Books on Demand
Helsinki, Suomi
Valmistaja:Bod-Books on Demand
Norderstedt, Saksa

ISBN 978-952-80-1901-5

TAPAUS JUVONEN

1.

Esko Juvonen oli ollut jo yli kymmenen vuotta Kouvolan rikospoliisissa rikosylikonstaapelin virassa. Oikeastaan tämän tanakan 45-vuotiaan poikamiehen olisi pitänyt olla jo aikoja sitten komisarion tehtävissä, mutta huolimatta päällystökurssin suorittamisesta ja lakiopinnoista näin ei ollut käynyt. Juvonen oli jo antautunut ylenemisen suhteen. Vuosia sitten hän oli tehnyt kaikki vaaditut tehtävät hyvinkin säntillisesti, onnistunut selvittämään koko lailla hankalakiakin juttuja ja ollut mielessään varma, että istuisi kohta sisätöissä komisariona. Vakansseja vapautui myös Kouvolassakin eläköitymisen vuoksi, mutta aina hänet sivuutettiin, syystä tai toisesta. Tämä oli aiheuttanut täydellisen leipääntymisen poliisityöhön. Töitä oli kuitenkin tehtävä, muutoin eläminen menisi vaikeaksi.

Tällä erää Juvonen painiskeli oudon väärennysjutun kimpussa. Juttu oli sikäli erikoinen, ettei syyllisestä

3

ollut mitään epäselvyyttä, mutta kun hän ei tunnustanut eikä riittävää näyttöä löytynyt, niin minkäs teit! Miestä oli kuulusteltu usean poliisin toimesta ainakin viiteen kertaan. Joka kerran mies oli saapunut kuulusteluun vapaalta jalalta kuuliaisesti ja ollut muutoinkin kuin malli oppilas koulussa, mutta kyseiseen väärennökseen hän suhtautui kuin hänelle täysin tuntemattomaan asiaan. Toisaalta taas miehen käsialanäyte näyte mätsäsi aivan sataprosenttisesti valtakirjan allekirjoitukseen. Valtakirjan avulla oli nostettu melkoinen summa perintörahoja kuolleen omaisen tilitä ja jotkut perijät olivat todella kuumana miehen suhteen. Usean henkilön toimesta oli osoitettu, että ko. mies oli varmasti kaiken takana. Juttu jurppi Juvosta todella syvältä! Kaihoillen hän muisti lukeneensa tarinoita muista maista, joissa poliisi saattoi käyttää koviakin keinoja tunnustuksen saamiseksi, mutta eihän täällä Suomessa.

Kuulustelutauolla Juvonen huomasi Kouvolan Sanomissa olevan jutun Porvoossa paljastuneesta kovan luokan huumejupakasta. Tässä tapauksessa oli loppunäytöksenä käyty Karhuryhmän ja kolmen huumerosvon välien tulitaistelu piiritystilanteen päätteeksi. Rosvoista kaksi oli saanut surmansa ja kolmas oli henkitoreissaan sairaalassa Porvoossa ja odotti siirtoa Meilahteen. Mielenkiintoista Juvosesta oli, että hän tunsi hyvin ne kaksi huumepoliisin tutkijaa, jotka olivat saattaneet rosvot kiikkiin, Pentikäinen ja Salonius. Lehdessä oli myös maininta,

4

että rosvojen maahan tuottama valtava huume-erä oli edelleen kateissa. Juvonen herkutteli mielessään ajatuksella, että pääsisi kahden kesken jututtamaan ainoaa elossa olevaa rosvoa. Huumelastin katumyyntiarvon oletettiin olevan lähes miljoona euroa! Siltä istumalta Juvonen päätti ottaa yhteyttä Pentikäiseen sekä Saloniukseen.

Työpäivä oli taas päätöksessään ja Juvonen sulki nauhurin saneltuaan vakiotekstit nauhoituksen loppuun. Väärentäjä lähti edelleen tyytyväisenä poliisilaitokselta. Ei ollut Juvonen taaskaan onnistunut samaan minkäänlaista tunnustusta. Asia ei ollut edennyt pätkääkään eteenpäin, vaikka Juvonen oli sortunut jo suorastaan uhkailemaan miestä. Mies oli kehottanut rauhallisesti Juvosta miettimään, mitä uhkailusta saattaisi seurata, jos hän ottaisi lakimieheensä yhteyttä. Juvonen päätti poiketa Käsityöläiskadun Old Tom-pubissa parilla rauhoittavalla tuopilla. Oluella istuessaan hän soitti Pentikäiselle tiedustellen voitaisiinko tavata, vaikka tässä samaisessa pubissa. Saloniuskin olisi hyvä pyytää mukaan. Koska huumejutun päänäytös oli ohi tutkijoilla oli aikaa tavata vanha tuttu Kouvolasta. Tehtiin treffit seuraavaksi perjantaiksi.

Huumepoliisit tulivat Pentikäisen autolla vähän ennen sovittua aikaa Välikadun parkkialueelle, jolta oli todella lyhyt kävely Old Tomiin. Juvonen oli pitämässä pöytävarausta. Se oli todella tarpeen sillä pubiin tuli väkeä jatkuvasti olihan kello jo 18.

- Terve mieheen eipä ole nähtykään ihan eilen! Salonius tervehti huomatessaan Juvosen hieman sivummalla olevan pöydän ääressä.

- Joo morjensta vaan molemmille, painakaa puuta! Kutsujana katson olevani velvollinen tarjoamaan ensimmäiset. Mitä saa olla?

- Jos minäkin sen yhden otan, aivan kotimaisen lagerin, ei ole merkillä väliä, tuumasi paikalle ehtinyt Pentikäinen.

- Minä voisin ottaa tumman brittiläisen stoutin, kai täällä sellaista saa? Pitää käyttää tilaisuus hyväksi, kun kerta tarjotaan!

Juvonen kävi noutamassa oluet tiskiltä ja istuutui pöydän ääreen.

- Mikäs miestä painaa kun meikäläisille soittelet, tiedusteli Pentikäinen. Siitähän on jo kuusi vuotta kun me Aaron kanssa siirryttiin huumepuolelle Lahteen täältä Kouvolasta eikä ole sen jälkeen samoissa jutuissa taisteltu?

- Luin alku viikolla siitä teidän jutun loppunäytöksestä Porvoossa. Siellähän oli oteltu oikein Villin Lännen tyyliin. Minkälainen keissi se oikein oli?

- No, aloitti Salonius, alkunhan se lähti ihan niin kuin pienemmätkin jutut. Lahdessa jäi yksi pikkudiileri kiinni meidän seurannassamme ja pääsimme se kautta pikkuhiljaa seuraamaan jälkiä ylöspäin. Viime lopuksi ihan näihin kolmeen maahantuojaan asti, jotka sitten päättivät myydä nahkansa aika kalliiseen hintaan.

- Sähköpostitietojen perusteella pojilla olikin aikamoinen lähetys päällään, jatkoi Pentikäinen.

Meidän nykyinen homma onkin yrittää löytää se lähetys, ennen kuin se ehtii jakeluun. Siitä onkin tulossa varsinainen kilpajuoksu, nimittäin se alempi porras organisaatiossa on vähintäänkin kiinnostunut asiasta.

- Eikö alempi porras osallistunut saaliin piilottamiseen, maastokätköjen tekoon tai muuhun sellaiseen, Juvonen ihmetteli.

- Eivät tiettävästi osallistuneet. Jututimme koko sen sarjan kavereita, joiden kautta juttu laukesi, mutta kaikki vannoivat kuin yhdestä suusta olevansa tietämättömiä itse lähetyksestä. Pikkukonnat olivat aika katkeria isojen oharista. Heillä on nykyisin hommat jumissa, kun ei ole mitä myydä!

Juvonen huomasi seuraavansa kavereidensa kertoessa tapahtumasta, että he puhuivat tarkasti ja näyttivät vahtivan toistensa sanomisia, miksi? Pian puheet siirtyivät menneiden muisteluun oluiden voimasta, paitsi tietysti Pentikäinen joutui tyytymään kuskin roolin vuoksi pelkästään limonadi linjalle. Illan mittaan Juvonen yritti vielä vaivihkaa urkkia huumeporukan nimiä, mutta ei edes Salonius, useista oluista huolimatta, lipsauttanut yhtään nimeä! Seuraava päivä oli kaikille heille vapaa päivä, mutta siitä huolimatta Pentikäinen alkoi touhuta lähtöä takaisin Lahteen hyvissä ajoin.

2.

Asunolleen päästyään Juvonen päätti ottaa yömyssyksi viskiä. Seurakseen hän pani vanhanaikaiseen levysoittimeen soimaan klassista musiikkia. Vaikka hän ei ollutkaan mikään korkeasti koulutettu kulttuurifani, hän osasi kuunnella ja nauttia tunnettujen säveltäjien teoksista, erityisesti Wagnerista. Joskus joku hänen vieraistaan oli tokaissut levyn kannen nähdessään, että oletko natsi, kun Wagneria kuuntelet . Poliisina Juvonen oli hieman hätkähtänyt moista kysymystä, mutta unohtanut asian. Ei hän mielestään millään muotoa olut mikään natsi! Juvonen paneutui mielessään käymäänsä keskusteluun virkaveljiensä kanssa ja alkuperäinen ajatus vain voimistui. Ainoa asia joka hätä hieman huolestutti, oli virkaveljien lyhytsanaisuus koko jutusta, sen vuoksihan hän oli heidät Kouvolaan kutsunut. Oliko isossa maailmassa, jota Lahti Kouvolaan nähden edusti, vallannut jonkinlainen epäluottamus jo poliisienkin kesken. Illan päätteeksi Juvonen päätti, että vaikka hänellä oli

8

kesken väärennys juttu, hän pyytäisi viikon verran virkavapaata. Hänelle oli kertynyt jo ylityövapaitakin usean päivän edestä, niin että kyllä päällikön pitäisi pyyntöön suostua.

Ylikomisario Juutilaisella oli maanantaina se huono päivä, kuten tavataan sanoa. Kun Juvonen ilmaantui ovensuuhun koputtelemaan, Juutilainen ei ollut aluksi huomaavinaankaan, kääntyi sitten tuolissaan Juvoseen päin:
- Ja mitähän asiaa mahtaa olla?
 - Ajattelin pyytää keskiviikosta alkaen viikon mittaista vapaata, on noita ylitöitäkin kolmen päivän edestä ja jos saisi "ommoo lommoo" vielä ensiviikon maanantaiksi ja tiistaiksi?
- No mikäs perkele sinua nyt rupesi vaivaamaan? Sehän on auki vieläkin se väärennösjupakka!
- Minulla olisi sukulaisten kanssa asioita hoidettava tuolla Lahden suunnalla ja onhan tässä vielä kolme päivää aikaa saada se väärentäjä nalkkiin!
Juutilainen tutki kalenteriaan hieman tuskastuneena katsoen oliko jollekin muullekin luvattu vapaata, ei olut merkintöjä sellaisesta.
- Yritä saada se kynänkäyttäjä vidoin viimein nalkkiin, on helpompi päästä sitten vapaalle!

Juvonen kutsui väärentäjäkandidaatin iltapäiväksi käymään taas kerran Kouvolan poliisilaitoksella. Tapojensa mukaan miehellä oli aikaa ja hän saapui täsmällisesti kello 14. Juvonen saatteli miehen taas kerran kuulusteluhuoneeseen, luki nauhuriin aloitustiedot ja nosti katseensa kuulusteltavaan.

- Jospa sitten taas aloitetaan. Viimeksi myönsitte nähneenne perinnönjakopaperin jossain yhteydessä, mutta kielsitte koskeneenne paperiin millään tavalla. Miten se on mahdollista ja missä näin tapahtui? Kielsitte myös tietäneenne sen koskevan juuri teitä koskevaa perintöä.

- Testamentin julkistamistilaisuudessa minä sen paperin näin, sitä tönittiin luennan jälkeen pitkin pöytää, mutta en henkilökohtaisesti siihen koskenut.

- Syytöshän koskeekin valtakirjaa, jolla perikunnan tililtä rahat on nostettu! Ei perinnönjakopaperissa ollut mitään erikoista, tilinumero ja summa tietenkin sieltä löytyivät.

Sitten se tapahtui, aivan yllättäen mies myönsikin allekirjoittaneensa valtakirjan omalle nimelleen ja käyneensä Nordeassa nostamassa rahat ja siirtäneensä ne saman tien omalle tililleen. Juvonen häkeltyi hieman ja pyysi miestä vielä toistamaan tunnustuksen. Juvonen kiitti miestä yhteistyöstä, aikaa oli mennytkin paljon mokomaan asiaan. Lisäksi hän kertoi jatkoseuraamuksista. Miehelle tulisi aikanaan kutsu käräjille ja siellä luettaisiin sitten asiaankuuluva tuomio asiakirjan väärennöksestä ja varojen kavalluksesta. Tuomio olisi näin ensikertalaiselle ehdonalaista.

Juvonen alkoi heti miehen mentyä, lähes myhäillen, purkamaan nauhoitusta raportin laadintaa varten.

Kuulustelupöytäkirjan hän saisi huomenna, tiistaina, valmiiksi. Olisi kiva viedä pöytäkirja Juutilaiselle huomenna ja lähteä sitten vapaalle.

3.

Keskiviikkoaamuna Juvonen lähti tiilenpunaisella Kiallaan jo aamulla aikaisin ajelemaan kohti Lahtea. Hän oli koko edellisillan tehnyt suunnitelmia omalle toiminnalleen ja myös pakannut kaiken varalta varavaatteet ja hygieniatarvikkeet siltä varalta, että jäisikin yöksi tai kahdeksi Lahteen. Uuden kylän kohdalta alkanut leveä kaistatie oli innostanut vanhaa autoilijaa ajamaan loppumatkan melko reippaasti, niin että juuri ennen Lahtea olevan valoristeyksen edessä oleva liikennekamera oli välähtänyt. Juvosen hyvä tuuli katosi välittömästi.

- Perkeleen peltipoliisit! Toivottavasti tuli hyvä kuva!

Juvonen koetti mielessään arvioida paljonko ylinopeutta oli ollut ja jo vähän ajan kuluttua hän onnitteli mielessään kameranpaikan valitsijoita. Kamera oli sijoitettu fiksusti niin, että taustaksi jäävä opastetaulu tavallaan kätki kameran. Sen huomasi vasta aivan liian myöhään.

Juvonen päätti käydä alkajaisiksi yllättämässä kaverinsa poliisilaitoksella, joka Lahdessa sijaitsi nykyisin Salininkadulla. Parkista löytyi tilaa laitoksen pihalta ja Juvonen saapasteli sisääntuloaulaan. Lasikopissa istuva nuori nainen halusi tietää millä asialla liikuttiin.

- Päiviä mitähän asianne koskee?

- No terveisiä Kouvolan poliisista, olen Juvonen rikospuolelta ja minulla on täällä teillä töissä kaksikin vanhaa tuttua: Pentikäinen ja Salonius. Olisivatkohan herrat paikalla?

Nainen tutki hetken aikaa pc:n näyttöruutua ja sanoi sitten:

- Eivät valitettavasti ole. He ovat yleensäkin nykyään paljon tien päällä. Voinko mitenkään auttaa?

- Ehkä. Meillä jäi viime viikolla tavatessamme kesken jutut siitä heidän isosta huumejutusta. Minua olisi hieman kiinnostanut koko asia enemmänkin. Onkohan siitä mitään dokumenttia luettavaksi vaikka vain täällä teidän tiloissa?

- Katsotaan, joo komisario Kokkonen on paikalla, hän on tutkinnan johdossa siis Pentikäisen ja Saloniuksen esimies.

- En tahdo asiallani mitenkään häiritä herra komisariota, olisi vain lukaissut kuulustelupöytäkirjoja tai jotain raporttia.

Naine oli koko ajan näplännyt tietokonettaan ja sanoi.

- Kai minä voin yhden raportin täältä tulostaa, se on viimeinen väliraportti ennen loppurysäystä.

Kolmisivuinen raportti tulostui lasertulostimella

nopeasti ja äänettömästi.

Ennen kuin Juvonen ehti poistua raportti muassaan, tyttö lasikopista kuulutti vielä perään:
- Kerronko terveisiä Pentikäiselle tai Saloniukselle, jos he sattuvat pistäytymään täällä?
Vastaukseksi Juvonen nyökäytti päätään ja nosti hieman kättään, koska oli jo puoliksi ulkona rakennuksesta. Vastaanoton naiskonstaapeli toimi ohjeiden mukaan ja pani lyhyen viestin komisario Kokkosen sähköpostiin Juvosen vierailusta.

Juvonen ajoi autonsa Hämeenkadulla olevan Kauppahotellin autopysäköintiin ja huomasi siellä olevan tilaa hänenkin autolle. Hotellin vastaanotossa sisään kirjoittautuessaan, Juvonen halusi huoneen, jossa voisi tupakoida ja jossa olisi minibaari. Hän kirjoittautui omalla nimellään ja sai huoneen avaimen. Huoneessa tuoksahti tupakka, mutta sitähän hän oli pyytänytkin. Huone oli muutoin suhteellisen tilava ja ikkunasta oli näkymä harjulle päin, siis Hämeenkadun puolelle.
Juvonen levitti laukkunsa sisällön vaatekomeroon ja kylpyhuoneen lasiselle hyllylle, sen jälkeen hän otti minibaarista viskipullon ja kivennäisveden tehden grogin.

Raportti sisälsi juuri kaiken sen tiedon jota Juvonen halusikin. Siitä ilmeni diilereiden nimet, pidätyspaikat, osoitteet sekä myöskin sen eloonjääneen päätekijän nimen ja osoitetiedot. Juvonen oli enemmän kuin tyytyväinen saaliiseensa, nämä tiedot nopeuttivat hänen työtään todella paljon! Juvonen päätti hyödyntää saamaansa aikaetua ottamalla iltapäivätirsat ja sitten lyhyt jalkapatikka keskustaan katsomaan miltä Lahti tänään näyttää ja vielä päivän päätteeksi hotellin ravintolaan iltaa istumaan, olisihan siellä elävää musiikkia tänään!

Ulkona oli kohtuullisen hyvä sää, lämmintä 20 astetta ja puolipilvinen, lähes tyyni, ilma. Juvonen käveli Rautatienkatua alamäkeen kohti toria. Juuri ennen toria, hän huomasi, että lounas oli jäänyt syömättä. Juvonen yritti muistella hyviä ruokapaikkoja Lahdesta, mutta ei saanut mieleensä yhtäkään. Juvonen päätti ratkaista ruokapaikan päästyään torin nurkalle Aleksanterinkadulla. Ravintola Santa Fe sattui sopivasti silmään ja sinne Juvosen Esko suunnisti. Ravintola olikin kaksikerroksinen ja ruokailupaikat olivat ylätasolla, katutasolla oli lähinnä pubityyppistä olutmeininkiä. Juvonen tilasi listalta lehtipihvin kaikin maustein ranskalaisten perunoiden kera. Ruokajuomaksi tuli iso tuoppi olutta. Ruokaillessaan Juvonen seurasi ikkunan läpi arkista torielämää ja liikennettä ja totesi mielessään, ettei Lahti ollut ainakaan keskustaltaan hirveästi muuttunut kahdessakymmenessä vuodessa. Olihan Juvonen poliisiuransa alussa ollut nuorempana konstaapelina Lahden järjestyspoliisissa ennen kuin sai siirron rikospuolelle Kouvolaan. Mielessään hän muisteli kertaalleen lukemaansa raporttia. Prosessin aluksi kiinni jäänyt diileri oli lahtelainen Jouko Pesonen -niminen nuori mies. Häneltä oli irronnut kuulusteluissa sitten Rosendahl Marko -niminen mies Kouvolasta. Tätä asiaa Juvonen muisteli ihmetelleensä jo hotellissa raporttia lukiessaan. Miksi hän Kouvolan poliisiin kuuluvana ei tiennyt tästä mitään? Pentikäinen ja Salonius olivat käyneet nappaamassa Rosendahlin hänen nenänsä alta eivätkä olleet edes viime viikolla Kouvolassa käydessään tästä maininneet, ihmeellistä.

- Maistuiko ruoka? Saisiko olla jotain palan painikkeeksi, jäätelöannos ehkä? Kysyi paikalle ilmaantunut tarjoilijatar.

- Kiitos, kyllä maistui, mutta annetaan jälkiruokien olla tällä kertaa. Saatan pistäytyä uudelleen lähipäivinä.

- Kiitos käynnistä ja tervetuloa uudelleen.

Juvonen maksoi ruokansa ja juomansa kortilla pyöristäen hieman ylöspäin ilmoitettuun hintaan, jolloin tarjoilijalle jäi hieman tippiä. Hän lähti ulos kävelemään linja-autoaseman suuntaan katsellen liikkeiden ikkunoita. Juvonen käveli aina Sibeliuksen kadulle asti ja kääntyi sitten takaisinpäin tullen taas Hämeenkadulle ja omalle hotellilleen.

Ruokailu ramaisi häntä sen verran, että iltapäivänokoset olivat paikallaan. Nukahdusta ennen hän ehti lukaista vielä Rosendahlin kotiosoitteen Kouvolasta ja jäi miettimään suunnitelmansa seuraavaa vaihetta.

Ennen illanistujaisiaan Juvonen ehti vielä käväistä kaupungilla pienen lenkin, nyt mäen päälle Harjukadulle ja sitä pitkin Kouvolan suuntaan muistellen samalla nuoruuden näkymiä verrattuna siihen mitä nyt näki. Kävelylenkin jälkeen Juvonen meni suihkuun ja vaihtoi puhtaat alusvaatteet ja paidan. Hän tarkasteli itseään kokovartalopeilistä ja totesi, että muutama kilo on liikaa, mutta ei sentään lihavaksi voitu moittia. Tyytyväisenä näkemäänsä hän suunnisti hotellin ravintolaan. Paikalla oli oikein vanhan ajan hovimestarinainen, joka ohjasi hänet pieneen pöytään sopivalle etäisyydelle tanssilattiasta eikä kuitenkaan orkesterikaiuttimien viereen. Juvonen tilasi pitkän viskin ja jäi seuraamaan salin täyttymistä ja siellä jo olevia ihmisiä.

4.

Illan mittaan sali täyttyi tanssihaluisista ihmisistä ja orkesterikin ilmaantui soittimilleen. Juvonen pani merkille, että yleisö oli pääasiassa vähintään keski-ikäistä ja musiikkikin oli paljolti tangovoittoista, tietysti muutakin mukana. Aikansa seurailtuaan ja otettuaan jo kolmannen viskin Juvonen rohkaistui yrittämään tanssilattialle. Hän oli kiinnittänyt huomionsa yksin istuvaan keski-ikäiseen naiseen. Hänestä nainen oli jotenkin aran oloinen, ikään kuin hän ei olisi halunnut olla koko ravintolassa. Nainen oli pukeutunut syvän punaiseen, vartalonmyötäiseen mekkoon. Naisella ei ollut mitenkään huomattavasti meikkiä eikä myöskään koruja yllään. Tuman ruskeat hiuksensa hän oli nähtävästi vasta ikään kiharruttanut, oli käynyt kampaamossa äskettäin. Juvonen asteli naisen vierelle ja kumarsi kevyesti:
- Saanko luvan?
Nainen oli ollut ajatuksissaan ja melkein hätkähti Juvosen kysymystä, nyökkäsi ja nousi ylös. Orkesteri

oli aloittanut juuri Reijo Taipaleen "Satumaan". Juvonen tapaili hieman askeliaan, oli kulunut jo kaksi vuotta siitä, kun hän oli edelliskerran tanssinut Kouvolan Kuntotalolla. Pian oikea rytmi löytyi ja Juvonen varmensi myös otettaan naisen uumalla. Juvonen ei ollut ensikertaa reissussa, joten hän oli osannut varautua tansseihin ostamalla Leijonapastilleja, ne veivät viinanhajun hengitysilmasta. Nainen osasi todellakin "tulla perästä" niin kuin Juvonen tanssitaitoisia naisia kehui.

- Onko täällä Lahdessa aina näin keskellä viikkoa tupa täynnä? Avasi Juvonen keskustelun ilmaisten samalla kiertoteitse olevansa muualta kotoisin.

- En tiedä, tämä on minulle ensimmäinen kerta todella moneen vuoteen, kun olen ravintolassa tansseissa.

- No ei ole tanssitaito ainakaan kadonnut, kehaisi Juvonen.

Nainen rentoutui selvästi ja kertoi hymyillen olevansa yksineläjä nykyisin, mies menehtyi auto-onnettomuudessa kaksi vuotta sitten.

- Jos kaipaat juttuseuraa niin tule minun pöytääni, se on paremmassa paikassa kuin sinun, Juvonen ehdotti jo ensimmäisen kappaleen aikana.

- Sinähän etenet vauhdikkaasti, nainen nauroi tarttuvasti, eihän sitä tiedä jos vaikka tulenkin, mutta tanssitaanhan nyt.

Juvonen hidasti grogien ottamisessa, haki välillä muitakin naisia tanssiin, mutta tämä punamekkoinen oli tehnyt vaikutuksen. Orkesteritauon jälkeen

19

Juvonen starttasi taas punamekon pöydän viereen sen verran nopeasti, ettei kukaan muu ehtinyt.

- Mitenkäs on, voisiko tanssiharjoituksemme jatkua? Nainen nousi innokkaasti ja sovittautui nopeasti tanssiotteeseen. Nainenkin oli ehtinyt juoda Juvosen laskujen mukaan jo ainakin kolme drinkkiä, niinpä juttukin luisti helposti.

- Sinä sitä osaat viedä tenhoavasti, olen miettinyt mitähän mahdat tehdä töiksesi, et kuitenkaan varmaankaan ole esiintyvä taiteilija.

Kysymys olikin tiukka paikka Juvoselle. Hänellä oli Kouvolasta lukuisia kokemuksia siitä, että ammattinsa kertomalla seuralaiselle tuli hetimiten halu erkaantua hänen seurastaan. Niinpä Juvonen vastasi tiedusteluun.

- Olen valtiolla hommissa ihan virkamiehenä vain, entäpä sinä, kai voin sinutella, minä olen Esko.

- Minäkin työskentelen yhteiskunnan palveluksessa, olen Hämeenlinnassa vanginvartijana, ylivartija tittteliltäni jo tässä iässä. Olen siskoni luona kyläilemässä ja viettämässä vapaapäiviäni. Mukavampi olla täällä Lahdessa ravintolassa kuin Hämeenlinnassa, siellä on, jos ei muita tuttuja, niin ainakin miespuolisia kollegoja yrittämässä yökylään. Niin, minä olen Maarit.

He tanssivat siitä pitäen yhdessä Maaritin muutettua Eskon pöytään jonkin tauon aikana. Kellon lähetessä puolta yötä Esko riskeerasi normaali jutustelun väliin.

- Lähtisitkö vielä yömyssylle minun huoneeseeni,

asun tässä hotellissa. Baarikaapissa löytyy varmaan vielä jotain? Kysymystä esittäessään Esko katsoi Maaritia suoraan silmiin.

- En kyllä yöksi jää, mutta voisinhan käydä tsekkaamassa millaisia huoneet tässä hotellissa ovat.

- No eiköhän lähdetä saman tien, juomat on maksettu. Ehditään tehdä tuttavuutta edes vähän aikaa.

Heti huoneeseen päästyään Esko pyysi anteeksi tupakointia ja tupakan hajua, mutta tähän murheeseen tuli nopea vastaus.

- Ei haittaa, minäkin polttelen usein varsinkin, kun olen vähän ottanut. Nainen kaivoi käsilaukustaan savukeaskin ja tarjosi Eskolle.

Tupakoinnin aikana Esko uskalsi tarkentaa työnsä kuvaa, tällä kertaa ei seuralaisessa tapahtunut minkäänlaista pakokauhua. Esko kertoili varovasti viimeaikaisista jutuistaan ja valotti myös vähän syytä Lahden vierailuunsa. Iso huumejuttu poltteli hänen alitajunnassaan koko ajan.

- Onko se se juttu, jossa Pesonen niminen mies jäi kiinni Lahdessa?

Juvonen hämmästyi toden teolla, mistä Maarit osasi yhdistää Pesosen nimen vaikka hän vain vähän vihjaili huumehommista.

- Joo, kyllä se Jouko Pesonen oli, joka ensin jäi kiinni. Mistäs tiesit?

- Hän on minun poikani. Jouko muutti luotani Hämeenlinnasta jo vuosia sitten tänne tätinsä luo asumaan. Nukuin viime yön itse asiassa siinä huoneessa, jota Jouko käytti. Pojan elämä oli lähtenyt väärille raiteille jo ennen Lahteen muuttoa, mutta mitään rikosta hän ei ole tehnyt, jos ei huumeen käyttöä sellaiseksi lueta. Tiedän myös sen Rosendahlin Markon, jolta Jouko mömmönsä osti.

- Millainen tyyppi tämä Marko on? Tiedusteli Juvonen ollen vieläkin suuren hämmästyksen vallassa tapahtumien kulun johdosta.

- Marko on karski ja raaka tyyppi. Iso miehenroikale, joka ei itse käytä aineita, muuta kuin viinaa. Hehän ovat molemmat tutkintavankeudessa Hämeenlinnassa. Kävin tapaamassa Joukoa ennen tänne lähtöä. Sehän on minulle helppoa, kun ei tarvitse työmaalta poistua muuta kun toiselle osastolle miesten puolelle. Markoa en ole tavannut tässä yhteydessä.

Koko loppuillan Juvosen ajatukset olivat muualla kuin Maaritissa, vähän puolen yön jälkeen hän saattoi Maaritin taksitolpalle. He olivat sopineet tapaavansa samana päivänä illansuussa uudelleen, niin paljon puhuttavaa oli siunaantunut. Juvonen nukkui yönsä huonosti, ajatukset pitivät hereillä. Nyt oli mietittävä tarkkaan, kuinka tästä eteenpäin, Maaritiin suhde piti säilyttää ehdottomasti. Hän oli osoittautunut kerta kaikkiaan Juvosen mieleiseksi naisihmiseksi ja tietenkin bonuksena tämä yhteys huumejuttuun. Herrasmiestä matkien Juvonen ei ollut edes yrittänyt mitään seksiin viittaavaa, vaikka hänelle jäi tunne, että sekin olisi ehkä Maaritille sopinut.

5.

Aamupalalla ollessaan Juvosen kännykkä soi. Juvonen katsoi, että tuntematon numero, mutta vastasi etunimellään, kuten nykyisin tapana on.

- Esko
- Onko Esko Juvonen puhelimessa?
- Kyllä olen.
- Komisario Kokkonen Lahden poliisista. Olitte eilen käynyt meidän vastaanotossa ja kysellyt Pentikäistä tai Saloniusta ja pyytänyt papereita huumejutusta. Mitä tekemistä teillä on tämän asian kanssa?
- No ei tässä sen kummempaa ole, herra komisario, tapasin kyseiset entiset työtoverini viime viikolla Kouvolassa ja heidän kanssaan pohdittiin juttua. Sivullisia ei ollut kuulolla. Asia jäi jotenkin mielestäni kesken ja kun minulle sattui mahdollisuus saada vapaapäiviä, ajattelin jatkaa juttua täällä Lahdessa.
- Olette siis Lahdessa edelleen?
- Kyllä, Kauppahotelliin majoittuneena.
- Tulkaapa käymään täällä laitoksella, jutellaan lisää.

- Sopiiko nyt hetimiten, olisin puolen tunnin sisällä siellä?

Matkalla Juvonen mietti ankarasti, miten suhtautua Kokkoseen, mutta päätyi siihen, että asian ratkaisisi miten Kokkonen suhtautui häneen. Vastaanotossa oli sama nuori nainen, joka Juvosen nähdessään hieman punastui ja oli keskittyvinään tarkasti tietokoneensa näytön lukemiseen. Hän oli saanut ankarat nuhtelut raportin luovuttamisesta, mutta saanut teon anteeksi, koska oli vain kesäloman tuuraaja. Juvonen koputti Kokkosen oveen ja kuuli sisältä kehotuksen avata ovi.

- Hyvää huomenta päivää, Juvonen lähestyi käsi ojossa Kokkosta väkinäisesti hymyillen.

Kokkonen tarttui käteen ja pyysi istumaan. Juvonen pani merkille, että työhuone täällä Lahdessa on paljon valoisampi kuin Kouvolassa, vaikka eihän Kouvolan poliisitalokaan mikään vanha ollut.

- Sitä on sitten lähdetty poliisiasioille ihan vapaalla ollessakin, eikö siellä Kouvolassa ole töitä tarpeeksi?

- No joo liittyyhän tämä poliisiasioihin, täytyy myöntää, mutta henkilökohtainen kiinnostus heräsi siksi, että kollegani ovat olleet todella ison jutun kimpussa ja napanneet meidän alueelta yhden ison tekijänkin eikä meidän talossa siitä tiedetty mitään. Lisäksi juttu näyttäisi olevan vielä kesken vaikka rosvot ovatkin vainajina tai linnassa. Minusta on aika haasteellista, kuinka veljet aikovat edetä. Eli että onhan tässä monta mielenkiintoista seikkaa.

- Tarkoitat keskeneräisyydellä sitä, että huume-erä

24

on vielä kateissa? Sen kimpussahan Salonius ja Pentikäinen juoksevat pitkin pitäjiä, kauempanakin kuin Kouvola. Minä olen tutkinnanjohtajana tietysti perillä asioista, mutta katson, että tätä tutkimusta ei ole tarpeen levitellä, ainakaan toistaiseksi, mihinkään suuntaan. Niin että poliisina ymmärrät pitää asiat omana tietonasi, äläkä sotkeudu enempää enää tähän keissiin.

Se oli Juvosen mielestä selvästi sanottu. Apua ei näemmä tarvittu edes vapaaehtoisilta. Juvonen kätteli Kokkosen hyvästiksi sanomatta oikeastaan yhtään mitään.

Ulkona Juvonen päätti soittaa Maaritille ja tiedustella olisiko tällä aikaa lähteä seuraksi käymään välillä kotonaan Hämeenlinnassa. Hän halusi itselleen matkaseuraa ja pohdinta-apua, kuinka käsitellä Marko Rosendahlia. Juvosella oli nimittäin aikomus mennä tapaamaan tutkintavanki Rosendahlia, mutta ei poliisina. Varmuudeksi hän osti läheiseltä R-kioskilta prepaid-liitymän ja lähimmästä DNA-myymälästä halvan näppäinpuhelimen. Maarit oli halukas lähtemään kukkien kastelu reissulle ja saisihan samalla postitkin tsekkattua. Vankilaan, työpaikalleen, hän kieltäytyi lähtemästä.

Matkalla Juvonen tarjosi kahvit Tuuloksessa olevassa uudessa liikennemyymälässä. Juvonen oli vähän aikaisemmin Rosendahlin sedäksi esittäytyneenä soittanut Hämeenlinnan vankilaan kysyen tapaamismahdollisuutta lähisukulaisena.

25

Maaritilta hän oli kuullut, että myös Markon isä oli kuollut joitakin vuosia aiemmin ja Marko asusteli Kouvolassa Eskolanmäessä äitinsä kanssa. Vartiopäällikölle asti ohjautunut puhelu johti tällä kertaa myönteiseen tulokseen. Vankilaan tullessa piti portilla nimenoman ilmaista, että vartiopäällikkö oli hyväksynyt tapaamisen.

Maarit asusteli Eino Leinonkadulla Kaurialassa, joten Juvonen ajoi ensiksi sinne ja kertoi sitten tulevansa vankilareissun jälkeen takaisin. Ajellessaan kaupungista Parolan suuntaan, Juvonen mietti vielä yksityiskohtia, joita Markolta pitäisi saada ongittua. Tärkeintä kuitenkin olisi, että tapaamiseen saapuessaan Rosendahl ei kieltäytyisi tuntemasta häntä "sedäkseen" vartijan kuullen, silloin tapaaminen loppuisi hyvin lyhyeen. Tähän Juvonen valmistautui erityisesti.

6.

Vankilan portilla Juvonen painoi ovipuhelimen nap-
pia ja kaiuttimesta räsähti
- Niin, kuka puhuu?
- Täällä on Eero Rosendahl Kouvolasta sain var-
tiopäälliköltä luvan tavata sukulaispoikaani. Hän on
tutkintavankina teillä.
Sähkölukko surisi ja portti avautui. Rakennuksen
ovelle ehtiessään vastaan tuli vartija, joka opasti Ju-
vosen tapaamishuoneeseen. Huoneessa ei ollut
muita Juvosen istuutuessa akryyliseinämän vieraili-
japuolelle. Odoteltuaan noin viisi minuuttia
vankipuolen ovi aukeni ja sisään astui siviilivaat-
teissa oleva Marko Rosendahl.
- No terve Marko, muistatkos Eero-setääsi, Juvonen
ehätti tervehtimään iskien samalla silmää niin, että
Rosendahl sen varmasti huomasi, mutta ei häntä
saattanut vartija.
- Eero perkelehän siinä, mikäs setää tänne asti
hyppyyttää, Rosendahl oli heti juonessa mukana.
Maaritin kuvaus Markosta oli ollut oikeaan osuva.

Mies oli varmasti lähes 190 cm pitkä. Pitkä musta tukka ja täysparta sekä erittäin runsaat tatuoinnit ainakin käsivarsissa tekivät miehestä "roikaleen" näköisen. Lisäksi Marko oli erittäin harteikas, teki hyvin vahvan miehen vaikutuksen.

Juvonen odotti, että vartija poistui kuuloetäisyydeltä. Sitten hän tarttui sisäpuhelimeen ja kehotti Rosendahlia eleillä tekemään samoin. Hehän olisivat voineet keskustella pleksin läpi ilman puhelintakin, mutta luurien avulla voitiin jutella hiljemmalla äänellä.

- Me ei olla tavattu, mutta minut värvätty välimieheksi.
- Kuka värväsi? Markon suusta tuli terävällä sävyllä.
- Karttunen. Se on huonossa hapessa Meilahdessa, mutta vannoi, ettei ole eikä aiokaan haastella paskalakkien kanssa. Se oli huolissaan siitä kuskista, joka ajoi auton laivasta, ettei se vaan ala laulaa.
- Siitä kuskista ei ole huolta, se ajoi auton Kotkasta Kouvolaan meidän varastolle, hyppäsi junaan ja lensi Hesasta Amsterdamiin. Se oli kokenut jannu Hollannista. Se tekee keikkaa muillekin tilaajille.
- Mites nämä Karttusen kaverivainaat, tunsit miehet varmaan, ettei heillä ollut ketään saaliin perään lähtevää.
- Ei varmasti, hehän olivat satsin rahoittajia ja minun pitää alkaa hoidella satsin pilkkomista ja jakelua. Mulla oli jemmassa sen verran hintaa, että pystyin osallistumaan ostoon. Minä en vieläkään tajua, mikä meni pieleen niin, että ne joutuivat pyssyleikkiin

28

Porvoossa. En edes tiedä, mitä ne teki siellä. Eikse Karttunen kertonu siitä mitään?

Juvonen huomasi kokeneena poliisina, että Rosendahl ei tainnut oikein kestää painetta, koska näytti luottavan häneen sokeasti tai sitten Rosendahlilla oli joku juoni mielessä.

- Ei tullut puheeksi, alkoi Juvonen hiljalleen vetäytyä keskustelusta. Missä Rosendahlin varasto sijaitsi Kouvolassa, hän päätti selvittää muilla keinoin. Suora kysymys aiheesta olisi paljastanut hänen todellisen roolinsa.

- Kuule, jos pääset vielä uudelleen tapaaman mua, niin käy Kouvolassa äiskän luona Sippolankatu 14:ssä. Kerro terveisiä ja sano, ettei mulla ole mitään hätää ja että oikeudessa minua tullaan syyttämään aikeista osallistua diilaamiseen, ostopuolesta niillä ei ole mitään näyttöä, jos Karttunen pitää suunsa kiinni.

Ajellessaan Maaritin luokse Juvonen mietti tilannetta. Hän oli edennyt kahdessa päivässä todella hyvällä tuurilla todella pitkälle. Arvoitukseksi jäi Rosendahlin puheet moneltakin osin. Oliko saalis todella viety Kouvolaan? Oliko kuski ollut todella hollantilainen? Eikö kukaan muu ollut saaliin jäljillä, paitsi tietysti veljekset Pentikäinen & Salonius? Mikä ihmeen varasto Rosendahlilla muka oli? Kenen kanssa?

Maarit oli keitellyt kahvit ja kattanut pöydän, kun Juvonen saapui. Kahvitellessa Juvonen kertoi pintapuolisesti saaneensa luottamuksen Markoon ja saatujen tietojen valossa oli hyvä edetä. Maarit epäili vahvasti Markon puheita, oliko hän kysynyt tarkemmin mikä mies Esko oikein oli? Juvonen huomasi itsekin, että kaikkia puheita ei ehkä kannata ottaa todesta. Kahvin jälkeen he lähtivät yhdessä takaisin Lahteen Maaritin siskon asunnolle. Juvonen kiitteli ja halasikin Maaritia kivasta reissusta kysyen samalla vieläkö tanssiharjoituksia kelpaisi jatkaa tänä iltana ja missä.

- Jos sinä kerta olet Lahdessa vielä ensi yön, niin tavataan siellä sinun hotellisi ravintolassa vaikkapa kello 20. Sopiiko?
- Sopii mainiosti. Nähdään!

Ilta Kauppahotellissa sujui hienosti. Juvonen tunsi entistä enemmän vetoa naista kohtaan. Illan päätteeksi he kävivät taas yömyssyillä Eskon huoneessa, mutta taaskaan Esko ei yrittänyt minkäänlaista pyrkyä hameen alle, vaikka hetken näytti siltä, että Maarit suorastaan olisi halunnut. Erotessaan yöllä taksitolpalla he sopivat yhteyden pidosta. Esko menisi huomenna Kouvolaan kotiinsa ja ottaisi piakkoin yhteyttä siinä mielessä, että Maarit tulisi hänen luokseen yökylään.

7.

Perjantai aamuna aamupalan jälkeen Juvonen maksoi itsensä ulos hotellista ja ajoi Kouvolaan kotiinsa Savonkadulle, hän oli ostanut vasta muutama vuosi sitten itselleen kaksion Savonkatu 44:sta Häntä miellytti paikan rauhallisuus. Rakennus oli hieman kauempana Savonkadusta ja oli melko uusi. Hän kävi lounastamassa Nevillessä ja ajoi sen jälkeen Eskolanmäkeen Sippolankatu 14:n pihaan. Ovitaulusta löytyi nimi Rosendahl heti toisesta kerroksesta. Juvonen soitti ovikelloa. Ovi avautui hetken päästä turvaketjun verran ja raosta näkyi iäkkään naisihmisen kasvot.

- Kuka siellä?
- Minä olen Pehkosen Ari ja olisin tuomassa tuoreita terveisiä Markolta.

Ovi sulkeutui sen verran, että ketju saatiin irti, sitten se avautui kokonaan ja Juvonen astui sisään.

- Tehän olette paljon vanhempi kuin Marko, mistä te hänet tunnette? Oletteko poliisi?

Juvonen riisui päällystakkinsa ja hattunsa asetellen

ne eteisen naulakkoon. Nainen seurasi katsellaan Juvosen käyttäytymistä miettien aikooko mies asettua oikein taloksi. Nainen kulki edellä ja ohjasi Juvosen olohuoneen sohvalle. Juvonen katseli ympärilleen. Asunto oli kolmio tai sen täytyi olla ovien määrän perusteella. Asunto oli kaikin puolin siisti ja hyvin hoidettu, oli vaikea kuvitella Markoa asumassa täällä.

- Olen Markon bisneskumppani niin sanoakseni. Markolla ei ole mitään hätää, pyysi kertomaan. Häntä tullaan syyttämään ainoastaan aikeista ryhtyä jakelemaan huumetta, siis aikeista. Minä hoidan Markonkin osuutta siihen asti, kun hän pääsee taas vapaalle.

- Jaa minä en tiedä niistä bisneksistä muuta kuin että ovat lain väärällä puolella Marko on puuhaillut jo kauan. Se on ollut minulle raskas kestettävä, ainoa poika ja sillä tiellä. Jos olette Hämeenlinnasta asti tullut niin kiehautan kahvit. Haluan kuulla lisää Markosta.

- No en minäkään häntä niin kauan ole tuntenut ja "naamakkain" tavattu vain kerran, eilen siellä vankilassa. Yksi rahoittajista, Karttunen Hesasta, on värvännyt minut tähän väliaikaisesti. Esiinnyin muutoin Markon setänä, jos joku kyselee minun perääni. Marko mainitsi, että sillä on joku varasto olemassa?

- Niin se varmaan tarkoitti sitä kolmannesta siitä Lassenkadun hallista, joka Markolla on vuokralla Jyrkisen Timpan kanssa. Ne on yrittänyt jonkinlaista autojen korjailua tehdä siellä.

- Onko muuten poliisit käyneet viime aikoina?
- Kävihän ne, ootas ...joku Pentikäinen ja joku S:llä alkava. Kyselivät kaikenlaista Markosta.
- Kerroitko myös tästä autokorjaamosta?
- En, eivät osanneet sellaisesta kysellä.
Juttelun aikana oli kahvit ehditty juomaan ja pikkuleipiä maistamaan. Juvonen alkoi tehdä lähtöä.
-Kuulkaas emäntä, oikein palon kiitosta tästä kahvista ja rupattelusta. Kun näen Markoa taas niin keron terveisiä toiseen suuntaan, ei hän siellä kauan enää ole, uskon niin.

Juvonen oli erittäin tyytyväinen ajellessaan Eskolanmäestä Korjalaan Lassenkadun päähän, jossa oli kookas, vaaleansinertävän värinen korkea hallirakennus. Pihassa oli hylätyn näköinen traktori ja joitain työkoneita, muutoin paikka oli hiljainen arkisesta iltapäivästä huolimatta. Kaikki hallin ovet, sekä isot nosto-ovet, että käyntiovet olivat tiukasti lukossa. Juvonen kävi kokeilemassa kaikki ovet. Nyt ei ollut muuta mahdollisuutta kuin etsiä hallin omistaja tai sitten Jyrkisen Timppa. Älypuhelimen Fonecta-palvelusta löytyi yksi Jyrkisen Timo Kouvolan Lehtomäestä. Juvonen soitti numeroon. Puhelin hälytti monta kertaa ja sitten.
- Timppa, kuului väsyneellä ja raskaalla äänellä.
- Morjensta, Makelta terveisiä, avasi Juvonen, kävin eilen tapaamassa sitä, oli poika vähän huolissaan.
- Mitä vittua... kuka sä oot... kuka Make. Mitä helvettiä sä oikein haastelet?
- No kai sä Rosendahlin Markon tunnet?

- En tunne! Puhelinyhteys katkaistiin.
Juvonen mietti, että olisiko kuitenkaan ollut väärä henkilö, mutta asia ei etenisi sitä murehtimalla. Vielä ehtisi käymään kaupungintalolla rakennusvalvonnassa katsomassa kuka omisti Lassenkadun hallin.

Rakennusvalvonnassa Juvonen esiintyi omana itsenään, poliisina, ja vaati saada tutkinnallisista syistä tietää, kuka hallin omisti. Omistajaksi osoittautui Pentti Sotarinne- niminen mies, jonka puhelinnumeronkin hän sai kaupantekijäisenä.
- Sotarinne.
- Juvonen poliisista, haluaisimme tietää, minkä nimisiä vuokralaisia teillä on Lassinkadun hallissa.
- Yksi kolmannes on maalausliike Sorasella, yksi on minulla itselläni ja yksi osa kahdella kaveruksella Jyrkilällä ja Rosendahlilla autojen tuunaamispaikkana. Minun lohko on pihalta katsoen oikealla, maalaamo on keskellä ja autopaja vasemmalla.
- Se autopaja kiinnostaa, voisikohan teillä olla aikaa vielä tänään tulla avaamaan ovea. Käytiin siellä äskettäin ja siellä ei ollut ketään.
- No minäpä tulen, ei ole juuri nyt mitään mutakaan kiireellistä päällä. Olen siellä vartin päästä.

Juvonen ajoi kiireesti takaisin Lassintielle odottamaan Sotarinnettä. Kuluneen oloinen farmari Volvo kaartoi pihaan kohta Juvosen jälkeen. Autosta tuli tanakassa kunnossa oleva n. 40-vuotias mies. Miehellä oli maastokuvioiset housut ja saman sarjan lippis.

- Juvonen Kouvolan poliisista terve. Juvonen meni käsi ojossa vastaan Sotarinnettä.

- Mikäs teitä poikien puuhailussa kiinnostaa, varastettuja autoja vai?

- Mehän ollaan aina vähäsanaisia siitä mikä kiinnostaa, ne tutkinnalliset syyt!

Sotarinne murahti jotain hyväksyvän kuuloista ja avasi käyntioven poikien halliin, kuten hän sitä kutsui.

- Pojat ovat maksaneet vuokransa tähän asti, mutta nyt kahta viimeistä vuokraa ei ole tilille tullut, liittyyköhän se tähän jotenkin, yritti Sotarinne vielä udella.

Mielessään Juvonen vastasi, että liittyypä hyvinkin, mutta ääneen hän tokaisi.

- Eiköhän se selviä.

Hallissa ei ollut yhtään autoa ja tavarat siellä muutoinkin olivat siistissä ojennuksessa. Näytti jotenkin siltä, että siellä ei ollut ollut toimintaa vähään aikaan. Juvonen pyyhkäisi vaivihkaa työpöydän kantta, siinä oli hienon hieno pölykerros. Hallin takaosassa oli metalliset portaat peräseinälle rakennetulle tasolle, jossa oli toimistokopiksi tehty yksinkertainen rakennelma. Kaiteissa oli pölykerros,jonka havaitsi vain pyyhkäisemällä.

- Minulla ei ole avaimia siihen koppiin, hihkaisi Sotarinne alhaalta.

Juvonen varjosti käsillä kasvojaan,nähdäkseen kopin ainoasta ikkunasta koppiin sisään. Pöytä, 2 tuolia, arkistokaappi ja hylly sekä pienehkö jääkaappi lattialla. Pöydällä näytti olevan autotarviketoimittajien esitteitä ja luetteloita ja naulakossa työhaalarit. Ei mitään muuta merkittävää. Juvonen nojasi kaiteeseen ja loi vielä yleissilmäyksen halliin ikään kuin ylhäältä katsoen. Lähellä ulko-ovea oli kolmessa miehen korkuisessa pinossa autonrenkaita, ainakin päällimmäisissä peräti alumiinivanteet. Rengaspinojen vieressä oli hallitunkki tietenkin renkaiden vaihtoa varten. Oikeanpuoleisella sivuseinällä oli pitkät hyllyköt täynnä autojen osia.

- Ei tämän kokoista hallia näin pian yhden miehen toimin tutkita. Jos aihetta ilmenee soittelen uudelleen ja käyn vaikka hakemassa avaimen lainaan, jos teistä tuntuu ajanhaaskaukselta seisoskella täällä.

Hieman pettyneen oloinen Sotarinne sammutteli valot ja sulki halin oven.

- Niin tehän toki teette niin kuin haluatte Soitelkaa jos on jotain... Sorarinne änkeytyi Volvoonsa ja kaarsi vahvasti kaasuttaen pois.

8.

Istuutuessaan Kiaansa Juvoselle välähti päähän, että Markon äiti oli puhunut Jyrkisen Timpasta, mutta rakennusvalvonta Jyrkilän Timosta. Juvonen suoritti pikaisen Fonecta- haun nimellä Jyrkilä Timo ja sellainen löytyi osoitteenaan Jukolankatu Viitakumpu.

- Timppa, nyt oli vastassa vaisuhko ja jotenkin heikko ääni.

- No morjensta, terkkuja Makelta. Kävin tapaamassa sitä toissa päivänä Hämeessä.

- Kuka sä oot? Mitäs Makesta?

- Mä oon Pehkosen Ari Hesasta. Yksi Maken bisneskaveri värväsi mut siksi aikaa, kun Make on kiinni. Mä kuulin Maken mutsilta, että sä tuunailet autoja Korjalassa. Tarvis tietää onko siellä pistäytynyt vieraita reilu viikko sitten.

- Ei puhuta puhelimessa näitä, tuu tänne Jukolankatu 34 Viitakumpuun.

Juvonen kiitteli kutsusta ja lähti ajamaan Viitakumpuun keskustan läpi. Välillä käväisi mielessä, kuinka kauan hyvä tuuri jatkuu siinä asiassa, ettei häntä naaman perusteella tunnisteta poliisiksi. Onneksi hän ei ollut ollut vuosiin lehtien tai paikallisuutisten kuvissa.

Asunto löytyi kolmannesta kerroksesta. Jo hissistä rappukäytävään astuessaan Juvosen nenässä käväisi kaatopaikan tuoksu, mutta kun Jyrkilän ovi aukesi pelmahti todella etova haju. Jo eteisessä näki, että koko asunto oli kuin kaatopaikka, tyhjiä pitsalaatikkoja, mausteisia paperitolloja ja muuta jätettä yltympäriinsä. Jätteiden seassa oli likaisia vaatteita hujan hajan. Sekaan sopi myös virtsan ja paskankin hajua, sen täytyi tulla wc:stä. Timppa itse oli langanlaiha, huonoihoinen ja sairaanoloinen nuori mies. Hän yritti potkiskella enempiä rojuja tieltään ohjatessaan vierastaan peremmälle. Olohuoneesta löytyi yksi tuoli, jolla ei ollut mitään ja Juvonen uskalsi istahtaa siihen, isäntä itse rojahti sohvalle, joka eittämättä oli kaatopaikkakunnossa. Sohvalla oli Timpan lisäksi vaatteita ja lehtiä ja tietysti tyhjiä oluttölkkejä, joita oli kaikkialla. Tippa jäi tuijottamaan Juvosta odottaen tältä keskustelun avausta.

- Et ole ihan äsken siivoillut? Juvonen tokaisi ja siirtyi avaamaan tuuletusikkunaa, löyhkä kävi sietämättömäksi.

- No ei ole tullut siivottua, ei. On ollut kaikenlaista. Mitä sä siitä Makesta horisit?

- Et ole autohommiakaan viime aikoina tehnyt, kävin hallilla?

- No en. Saa ne hommat odottaa Maken tuloa, se pystyy hankkimaan autoja, joita tuunataan. Mä oon

38

selvänä muuten helvetin hyvä automaalari, uskot sä? En oo ollu siellä hallilla ainakaan kolmeen viikkoon. Olisko kaks viikkoo sitten kun joku Maken frendi kävi lainamassa avainta hallille ja toisen sen varmaan kahden tunnin päästä takaisin, ei muuta sillä suunnalla. Miten se Make?

- Make on ihan ok kunnossa ja odottelee tutkintavankeuden päättymistä. Vielä on epäselvää missä käräjäoikeudessa juttua aletaan käsitellä, todennäköisesti Porvoossa kun ne Karttusen kaverit ammuttiin siellä ja melkein Karttunenkin. Makea tullaan syyttämään vaan aikeista osallistua diilaamiseen, ei muusta.

Timpan silmissä pupillit olivat laajentuneet ja löyhkän keskeltä oli havaittavissa myös makeahkoa hajua. Huumeita? Juvonen uskaltautui kysymään vielä.

- Siitä avaimenlainaajasta, et tuntenut sitä?

- En. On sitä avainta haettu aikaisemminkin silloin tällöin, en minä jaksa pitää lukua niistä, kunhan vaan palauttavat. Make tappaisi varmasti, jos avain hukkuisi, on se sen verran julmasti siitä sanonut.

- Hei, minä olen vuokrannut Kouvolasta kämpän ja saatan tarvita autonlaittoon tilaa. Sovin jo Maken kanssa, että voin tarvittaessa käyttää hallia, mutta nyt pitää rientää bisnesneuvotteluihin. Juvonen yritti iskeä silmää toverillisesti ja nousi lähteäkseen.

- Mä kirjoitan tän mun puhelimen numeron tähän lapulle, jos on jotain missä voin jelppiä.

Juvonen oli huomannut tarralappunipun lehtitelineessä.

Ulkona Juvonen veti puhdasta ilmaa keuhkoihinsa jonkin aikaa ja ajatteli mielessään kuinka ihmisolento voi elää moisen saastan keskellä. Hetken hän mietti ilmiantosoittoa, mutta perui ajatuksen saman tien, Pehkosen Ari Hesasta oli nähnyt kummenpiakian luolia.

9.

Sen täytyy olla se tumman sininen Berlingo, totesi Pentikäinen painokkaasti Saloniukselle. He olivat tehneet sitkeää puhuttelutyötä Kotkan satamassa Jylpyllä useana päivänä saadakseen selville auton, jolla huumelasti oli tuotu maihin. Sininen Berlingo oli mainittu usealla suulla ja sitä paitsi se oli rikkonut satama-alueen 30 km:n nopeusrajoitusta reippaasti poistuessaan. Autossa oli nähty olevan vain kuljettaja. Hyväntuulen tiellä nopeusvalvonta-kamera oli rävähtänyt, samoin valtatie 15:llä Kotkasta Kouvolaan useassakin tolpassa. Lahdessa liikennevalvontayksikössäkin oli kiinnitetty tähän kaahaajaan huomiota. Niinpä toimipaikassaan Lahdessa Pentikäinen oli kahviossa sattunut jututtamaan liikennevalvonnan konstaapelia kertoessaan tälle seikkailuistaan Kotkassa. Liikennevalvoja oli muistanut sille päivämäärälle tulleen kuvaryöpyn yhdestä ja samasta autosta ja maininnut siitä Pentikäiselle. Pentikäinen oli pyytänyt tarkistamaan oliko kaahaaminen jatkunut Kouvolasta johonkin suuntaan. Tästä ei ollut vielä tullut mitään ilmoitusta.

- Perkele, ei tässä auta muuta kuin odottaa josko tärppäisi. Saloniuskin oli viime aikoina innostunut käyttelemään voimasanoja tuskastuneena tutkinnan hitaaseen etenemiseen.

Rosendahlin kuulusteluissa oli ilmennyt, että lasti tuotiin maihin nimenomaan Jylpylle rahtilaivalla. Samoin Rosendahlilta oli irronnut rahoittajien nimet. Poliisi oli päässyt sitten Porvoossa kuumille jäljille ja saanut piiritettyä miehet erääseen kerrostaloon Porvoon laitamilla. Aikansa piiritettyään paikalle hankittiin Karhuryhmä, joka oli pannut hösseliksi rynnäköimällä taloon. Karttunen saatiin hengissä ambulanssiin, muut kaksi tarvitsi enää mustan auton kuljetusta. Kaupat huumeiden hankinnasta ja suunnitelma maahantuonnista oli tehty Helsingin rautatieaseman ravintola Elielissä. Hollantilainen myyjä oli ollut vakuuttunut Karttusen ja kavereiden suunnitelmista. Rosendahl oli omien sanojensa mukaa ollut paikalla vain tulevana jakelun järjestäjänä.

Pentikäisen puhelin soi.

- Hei Airaksinen täältä kamerapuolelta. Se teidän Berlingo on jatkanut Kouvolasta Lahteen päin ja sitten Asikkalaan. Kuvat kertovat. Holmassakin kuudenkympin alueella 92 m/h! Viimeinen kuva on Vääksyn kanavan luota, sielläkin vauhtia kiitettävästi.

- Kiitoksia Airaksinen! Olet oluet ansainnut, kunhan satutaan samaan paikkaan lähiaikoina.

- No tämä oli vain virkatyötä, oli itse asiassa mielenkiintoista jahdata tiettyä autoa, koska kuvia tulee todella paljon.

Pentikäinen kysyi vielä viimeisen kuvan tarkan kellon ajan ja kirjoitti sen muistiin.

- Salonius, sitten mentiin!

He ajoivat Vääksyyn, ylittivät kanavan ja painoivat mieleensä sen kamerapylvään, josta viimeinen kuva oli lähtenyt. Pylvään jälkeen oli tullut Sysmän risteys ja kohta risteyksen jälkeen oli taas kameratolppa.

- Sen auton on pitänyt kääntyä Sysmän suuntaan. Jos se olisi pitänyt entisen vauhtinsa, olisi tuokin kamera välähtänyt, ositteli Salonius tolppaa.

- Ajellaanpa jonkun matkaa ja kysellään. Pentikäinen käänsi autonsa kohti Sysmää.

Mietteissään he ajelivat Pulkkilan harjunkin läpi.

- Kyllä on komeat maisemat, ihasteli Salonius, mutta hei tuolla on pari mopopoikaa. Kysytäänpä heiltä.

Pentikäinen pysäytti samalle linja-autopysäkille, jossa pojat nojailivat mopoihinsa, kypärät päässään.

- Mitäpä poijaat? Tervehti Pentikäinen autosta noustuaan.

- Ootteks te jepareita? Kysäisi toinen pojista.

- No itse asiassa ollaan, mutta ei olla teidän mopoista kiinnostuneita eikä sen puoleen teistäkään, mutta oletteko sattumalta nähneet viikko sitten perjantaina tummansinistä Fiat Berlingoa täälläpäin.

Pojat katselivat toisiaan hetken aikaa ja sitten he

43

muistivat yhtä aikaa.

- Joo, se meni tästä vielä vähän matkaa Karilan-
maalle päin ja kääntyi sitten oikealle Peltotielle ja
meni tuon ladon taakse, pojat osoittivat etäällä
näkyvää latoa.

- Me muistetaan se siitä, kun tielle tuli takaisin
tavallinen, vanha Toyota Corolla.

- Ette panneet rekkaria mieleen?

- Se oli AHX- 912 tai 918 tai 913, viimeinen numero
oli kuran peitossa.

- Suunnattomasti kiitoksia pojat, tässä olisi kympit
mieheen, käykää ostamassa jotain. Salonius oli ker-
rassaan innoissaan.

He ajoivat nopeasti ladolle. Ovet oli pönkätty kiinni.
Pentikäinen repäisi pönkän pois ja avasi ovet. La-
dossa oli tummansininen Fiat Berlingo avaimet vir-
talukossa. Auton tavaratila oli täysin tyhjä, samoin
matkustamopuoli.

Pentikäinen soitti Lahteen ja pyysi tekniikan miehiä
tutkimaan Berlingon ja pani samalla hakuun pojilta
saamansa rekisteritunnukset. He olivat jo lähellä
Lahtea, kun ARK:sta annettiin omistajatiedot kaht-
een poikien antamaan tunnukseen, kolmatta ei ollut
sillä hetkellä voimassa olevana. Omistajana toinen
oli perin tuttu, Wacklin, toinen kuolleista rahoit-
tajista. Kohta perään tuli Virve-verkon kautta tieto,
että Wacklinin Toyota oli Helsinki-Vantaan
lentoaseman pitkäaikaisparkissa ja että tekniikan
miehet Vantaalta olivat tutkimassa autoa.

Illalla Salonius ja Pentikäinen olivat istahtaneet ravintola Trattoriaan oluelle Aleksanterin kadun varteen. He miettivät ankarasti päivän matkailuaan ja yrittävät päästä jonkinlaiseen ratkaisuun. Nimittäin Toyotakin oli osoittautunut tyhjäksi, molemmissa autoissa oli samat sormenjäljet, siis yksi ja sama henkilö oli ajanut kumpaakin autoa. He olivat onnistuneet saamaan Airaksisen pistäytymään palkkio-oluillaan. Airaksinen toi omana tietonaan, että kameratolppien kuviin leimautui tarkka kellon aika ja kannattaisi yrittää selvittää, olisiko auto ajanut yhtä soittoa Kotkasta Karilanmaalle. Toyotan liikkuminen jäisi pimentoon, koska se oli liikkunut rajoitusten mukaan, ei ainakaan annettuja rekisteritunnuksia löytynyt Karilanmaan ja Helsinki-Vantaan väliltä. Tämänkin pyynnön Airaksinen oli ehtinyt päivänmittaan selvittää Pentikäisen toivomuksesta. Päätettiin ryhtyä aikatauluhommiin.

Seuraavana päivänä poliisit istuivat saman pöydän ääressä ja kävivät aikajärjestykseen asetettuja kuvia läpi. Kouvolan jälkeen seuraavan kerran oli välähtänyt vasta Kausalan keskustassa. Tämän aikavälin, n. 55 min, analysointiin paneuduttiin tarkemmin muistaen, että jakelijaksi aikoneen Rosendahlin asuinpaikka oli juuri Kouvola. He päätyivät siihen, että vaikka oletettaisiin Berlingon joutuneen jopa jonkinasteisiin ruuhkiin esimerkiksi odottamaan Lappeenrannasta tulevaa autojonoa Tykkimäessä tai muuta sellaista viivykettä, olisi mahdollista, että auto olisi ollut pysähdyksissä jopa

15 minuuttia jossain Kouvolan tienoilla.

- Meidän on ajettava Kouvolaan taas ja käytävä vielä jututtamassa sitä Rosendahlin äitimuoria uudelleen, se voisi tietää jostain Markon käyttämästä piilopaikasta, esitti Salonius lopputuloksena pähkäilylle.

- Ainakin se kannattaa varmistaa ja pirautetaan Juvoselle, sehän voisi myös olla perillä jostain konnien kätköpaikoista. Juvonen voisi olla innokaskin auttamaan, sehän oli kuulemma käynyt meitäkin tavoittelemassa täältä ja maininnut tästä meidän "keissistä".

10.

Poliisit lounastivat Hämeen poliisilaitoksen ruokalassa ja lähtivät lounaan jälkeen ajelemaan kohti Kouvolaa. Pentikäinen ajoi ja Salonius yritti soittaa Juvoselle, ei vastausta. Salonius soitti Kouvolan poliisitalolle ja sai kuulla,että Juvonen on ollut keskiviikosta alkaen vapaalla ja olisi vielä ensi viikon maanantain ja tiistainkin.
- Minkäs ihmeen loman tarpeessa se oikein on?
- Sattunut löytämään, jonkun missin kapakasta ja harkitsee luopumista poikamiehen päiviltä.
- Ei kai se niin pölvästi ole.
- Mistäs sitä tietää, eikös se ole jo 45 vuotias tai niillä paikkeilla, alkaa olla viimeiset ajat!
- En usko, kyllä sillä jotain muuta on mielessä. Pentikäinen ilmoitti painokkaasti.
Poliisit ajoivat suoraan Eskolan mäkeen Sippolankadulle tapaamaan rouva Rosendahlia. Rouva tunnisti poliisit ja avasi oven. Miehet riisuivat hattunsa ja päällystakkinsa ja siirtyivät olohuoneeseen

istuutuen sohvatuoleihin.

- Niin anteeksi vaan tämä meidän häiritseminen, mutta viime kerralla unohtui kysyä, onko sillä Markolla mitään erillistä tilaa jossain käytössään.

- Onhan sillä se autojen korjauspaikka Korjalassa, mutta eihän siellä nyt ketään ole. Markon kaveri Jyrkisen Timppa tuskin yksin siellä mitään puuhaa. Juotteko muuten kahvia?

- Kiitoksia vaan, mutta emme taida nyt ehtiä. Tämä poliisin homma on joskus kiireistä. Lähdemmekin saman tien pois häiritsemästä. Saanko teidän puhelinnumeron, jos on jotain kysyttävää?

Poliisitkin osasivat käyttää Fonecta-hakua ja saivat osoitteen Lehtomäkeen Haukitielle.

Haukitien osoitteessa oleva talo osoittautui ns. Luhtitaloksi, eli talon sivustalla kulki katettu käytävä myös toisen kerroksen korkeudella. Jyrkisen asunto oli toisessa kerroksessa melko lähellä keskellä rakennusta olevaa porraskäytävää. Pentikäinen soitti ovikelloa. Ensi alkuun ei tapahtunut yhtään mitään, mutta sitten ovi aukesi todella nopeasti ja vahva käsivarsi tarttui Pentikäistä rinnuksista ja hänet tempaistiin sisään niin, että Saloniuksesta näytti kuin Pentikäisen hattu olisi jäänyt ilmaan. Saman tien ovi vedettiin kiinni vähintään yhtä vauhdikkaasti. Salonius oli järkyttynyt paikalleen moisesta ja kuuli oven läpi, että eteisessä tapahtui erittäin väkivaltaiselta kuulostavia ääniä, kovimmin sanottuna:" Kookoo!" Parin ilkeän rusahduksen jälkeen ovi avautui taas nopeasti ja Salonius

48

tempaistiin sisään. Kauhukseen Salonius havaitsi olevansa hirvittävän isokokoisen ja lihaksikkaan miehen käsittelyssä. Jätti nosti kurkusta puristamalla Saloniuksen ovipieltä vasten vasemmalla kädellään ja tarttui ikään kuin kätelläkseen oikealla kädellä Saloniuksen oikeaan käteen ja sanoi ."Kouvolassa kätellään ja sanotaan kooKOO!"sekä tempaisi terävästi alaspäin. Salonius ehti tuntea, että koko oikea käsivarsi meni tunnottomaksi ja puristuksessa olleet kämmenluut murskautuivat, sitten maailma pimeni kun jätti viritti Saloniuksen päätä irti seinästä ja läjäytti voimalla takaraivon ovipieleen. Salonius putosi Pentikäisen päälle.

- Nyt on iso-Timo todella vihainen..... Huohotti jättiläinen ja haki keittiöstään valurautaisen lettupannun.

Pannulla Timo huiteli molempien poliisien polvet muusiksi ja kaupan päälle vielä huitaisut suuntienoille tiesivät poliiseille hammaskaluston vaihtoa, jos hengissä selviytyisivät. Timo haki jätesäkin, johon alkoi suloa poliisien vaatteita aivan kalsareita myöten. Siinä alastomia ja tajuttomia uhreja katsoessaan, Timo keksi vielä väännellä nurin vasemman käden sormet molemmilta.

- Eivät perkeleet kirjoittele edes vasurilla minusta mitään pahaa.

Pahoinpitelyn lopuksi Timo viskasi molemmat poliisit ulos rappukäytävään ja kävi viemässä jätesäkin roskiin. Timo pyyhki siivousrievulla kaikki verijäljet tarkasti pois ja pesaisi vielä koko eteisen lattian. Urakan jälkeen Timo siemaisi pari keski-olutta perä perää ja alkoi pukeutua ulos lähtöä varten. Hän heitti kassiinsa vara-alusvaatteita ja paidan sekä kylpyhuoneesta hammasharjan ja tahnan. Hän muisti ottaa mukaansa myös Niuvanniemen vankimielisairaalasta saamansa lääkkeet. Pihalla hän soitti taksin ja meni Haukitien varteen odottamaan.

- Rautatieasemalle.

Kymmenen minuutin kuluttua taksi kaartoi aivan asemarakennuksen kupeessa olevalle taksitolpalle. Iso-Timo katseli ympärilleen ja huomasi, ettei heihin päin katsojia ollut.

- Sinä vitun kuski tunsit minut mutta eipä ole siitäkään hyötyä, mutisi Timo ja otti takapenkiltä käsin nopeasti oikealla kädellään tukevan otteen taksikuskin leuan alta, veti pään penkkien väliseen kohtaan, asetti vasemman kätensä tukevasti niskaa vasten ja kiskaisi. Kuului selvä naksahdus, kun taksin kuljettajan niska katkesi.

Timo meni kaikessa rauhassa lippuautomaatille ja osti lipun Helsinkiin.

11.

Juvonen istui lempipaikallaan olohuoneessaan olevassa tuolissa, Wagnerin musiikki soi sopivasti taustalla Teachers Whisky oli kulumassa toisen grogin kohdalla, tietysti pitkänä jääpalojen kera. Juvonen oli todella keskittynyt miettimään, kuinka hänen tulisi edetä. Yksi asia oli varma, Lassinkadun halli täytyi tutkia paremmin. Toinen mielessä pyörinyt asia oli mennä tapaamaan Meilahteen Karttusta. Olihan hänelle käynyt todella hyvä tuuri Lahden reissulla, miksei se ei jatkuisi Helsingissä! Kolmas asia oli miettiä, kuinka suhtautua parivaljakko Pentikäinen & Saloniukseen. Miehet olivat selvästi varoneet puheitaan hänen läsnä ollessaan, eikä heidän esimieskään ollut kovin ilahtunut Juvosta tavatessaan. Huomenna olisi lauantai ja siitä hänen ajatuksensa juontuivat Maaritiin, olisiko liian hätäistä kutsua häntä jo nyt Kouvolaan yökylään?

Aamulla jakelu toi Kouvolan Sanomat luukkuun hyvissä ajoin. Juvonen suoriutui aamutoimistaan kahdeksaan mennessä ja meni keittiöönsä virittämään kahvia keittimeen. Hän oli edellispäivänä pysähtynyt Kymen Wienerillä hakemassa tunnetusti parhaat leivonnaiset juuri tätä aamua varten. Karjalanpiirakoita ja croissanteja.

Aamun lehdessä oli etusivulla kissankokoisin kirjaimin törkeästä väkivallasta Lehtomäessä. Haukitiellä oli löydetty luhtitalon rappukäytävästä henkihieverissä kaksi alastonta, aikuista miestä. Uhrit olivat olleet todella huonossa hapessa. Ambulanssin hälyttänyt asukas 30-vuotias naishenkilö, talon asukas, oli järkyttyneenä kertonut löydöstään toimittajalle. Portaikossa makaavista miehistä oli kännykällä otettu, etäisyydestä johtuen hieman epätarkka kuva. Juvoselta meinasi pudota kuppi kädestä, hän oli jotenkin tunnistavinaan uhrit.
- Ei helvetissä! Voisivatko ne olla Pentikäinen ja Salonius? Poliisin vainu heräsi ja hän soitti POKS:n päivystykseen, sieltä vastattiin monen hälytyksen jälkeen. Juvosen tiedusteluun ei ensin otettu mitään kantaa, mutta Juvosen kerrottua olevan Kouvolan rikospoliisista, hänelle kerrottiin, että uhrit oli kuljetettu pelastushelikopterilla Töölön sairaalaan Helsinkiin. Olivat olleet sen verran monivammaisia.

Juvonen päätti lyödä monta kärpästä yhdellä iskulla. Hän soitti Maaritille ja kertoi tarvittaessa hakevansa hänet mukaansa Lahdesta matkaseuraksi, tällä kertaa Helsinkiin asti ja paluureissu päätyisi Kouvolaan. Maarit mietti hetkisen ja vastasi sitten myöntävästi, kysyen tarkempaa aikaa. Juvonen sanoi olevansa jo ennen puolta päivää Lahdessa, hän ehtisi pikaisesti siivota asunnossaan. Matkalla Lahdesta eteenpäin Juvonen kertoi tarkemmin suunnitelmistaan uskoutuen koko lailla tarkkaan Maaritille. Töölön sairaalan vastaanotossa Juvonen esiintyi itsenään kysyen mikä tilanne Kouvolasta tuoduilla on. Hänen osaltaan olisi tässä vaiheessa vain tunnistaminen, ei jututtaminen. Juvoselle annettiin lupa ja hän meni annettuun huoneeseen, jossa uhrit olivat nyt nukutettuina happimaskeissa ja tiputuksessa sekä lukuisten valvontalaitteiden valvomina. Yhdellä silmäyksellä Juvonen tunnisti toverinsa. Se riitti Juvoselle, hän paineli takaisin autolleen jossa Maarit odotti.

- Ne olivat ne lahtelaispoliisit! Mitä helkutin tekemistä niillä oli ollut Lehtomäessä?

Maarit näytti keskittyneeltä ja tokaisi hetken päästä.

- Mitä sinä puhuit siitä väärästä puhelinnumerosta, johon olit soittanut, ennen kuin löysit oikean Timpan?

- No voihan perkele, anteeksi Maarit! Juvonen pysähtyi seuraavalle bussipysäkille ja kaivoi puhelimensa esiin. Fonecta- haku nimellä Jyrkinen Timo antoi osoitteeksi Haukitien!

- Maarit olet fantastinen ihminen, sinunhan pitäisi olla poliisi! Juvonen riehaantui ja uskaltautui halaamaan Maaritia. Halausta ei koettu vastaanottajan puolelta mitenkään epämiellyttävänä.

Riemun tunteen jälkeen Juvosella kävi kylmät väreet. Mitäs jos hän itse olisi toiminut samoin muutama päivä sitten. Huh huh! Väristys oli niin voimakas, että Maaritkin huomasi sen.

- Mikä nyt? Vai mietitkö, että olisit voinut tunkea siihen osoitteeseen itse samalla tavoin?

- Maarit, olet ajatusten lukija! Nyt ajetaan Kouvolaan ja vietetään turvallinen koti-ilta, ei kapakkaa tänään, käykö?

- Sopii erinomaisesti!

12.

Maanantaiaamuna Juvonen saatteli Maaritin rautatieasemalle Lahden junalle. Asemalle tullessaan he muistivat yhtä aikaa lauantain lehdessä olleesta toisestakin väkivaltajutusta. Rautatieaseman edestä taksitolpalta oli perjantai-iltapäivällä löytynyt käynnissä ollut taksi ja sen sisältä kuljettaja kuolleena. Kuljettajalla ei ollut päälle päin muita vammoja, kuin luonnottomasti taaksepäin retkottanut pää. Tätä lukiessaan Juvonen oli itsekseen murahtanut, että kyllä tämäkin pieni vamma on riittävä. He sopivat, että tavataan taas lähiaikoina. Molemmat olivat hyvillä mielin erinomaisesti sujuneesta viikonlopusta. Lauantai-iltana alkoholin virkistäminä he olivat heittäytyneet koko lailla riehakkaaksi harrastamaan aikuisten sänkyleikkejä kaikilla mieliin tulleilla tavoilla. Sunnuntai-iltapäivä oli käytetty Repovedellä patikointiin. Siellä Juvonen huomasi, että Maaritin täytyi olla melko hyvässä kunnossa ja itsestään puolestaan, että ei taida tanssiminen riittää kunnon ylläpitoon pelkästään kerran kuukaudessa harrastettuna. Maarit oli käväissyt Olhavan vuorellakin näköaloja ihailemassa. Sillä aikaa Juvonen oli alhaalla olevassa kotamaisessa katoksessa paistanut makkarat ja keittänyt kahvitkin mukanaan olleella uudella retkikeittimellä.

Kotiin päästyään Juvonen alkoi miettiä käytännön toimia tästä eteenpäin. Se varasto on tsekattava uudelleen. Se olisi ensimmäinen homma tänään. Avaimen hän kävisi lainaamassa Timpalta. Sitten mieleen syöksähti todellinen kuningasidea! Juvonen muisti, että kaksi vuotta sitten hänen kaverinsa Häkkisen Jorma oli jäänyt lentoaseman tullista eläkkeelle yhdessä koiransa kanssa. Saman tien Juvonen haki Häkkisen numeron, ilokseen hän huomasi Häkkisen muuttaneen Korialle, pois pääkaupunkiseudulta. Asia koheni edelleen kun Häkkinen vastasi puhelimeenkin.

- Terve, Juvosen Esko täällä päässä, mites eläkeläisellä menee. Siirryit aikoinaan poliisista tulliin, kannattiko?

- No kannatti ja kannatti... molemmat ovat valtion virkoja. Ehkä sain pikkuisen paremmat eläke-edut, mites itse komisariona vai?

- Kyllä minä jäin ylikonstaksi ja saan juosta pitkin kyliä niin kuin silloin ennenkin. Ainoa on, ettei tarvi pitää vormua päällä. Kuule, minulle tuli mieleen se sinun koirasi, Lippekö se oli, onko se millaisessa kunnossa?

- Lippehän se. Hyvin voi, vähän liiankin hyvin, on

pyrkinyt lihomaan vanhoilla päivillään, mutta kyllä nenä pelaa edelleen!

- Minulla olisi eräs kohde, jossa siitä voisi olla apua, sellainen pienehkö korjaamo halli. Mitäs luulet, lähtisikö se minun mukaan käväisemään siellä. Halli on melkein puolimatkassa, Korjalassa, joten ei siinä varmaan kauan menisi?

- Sehän olisi koiralle parasta mahdollista virkistystä! Oletan, että olet huumeiden perässä, etkä huoli minua mukaan ja sitä mukaa vaikeuksiin. On Lippe joskus ennenkin olut vieraan ohjastuksessa ja toiminut ihan hyvin.

- Sopiiko, että hakisin koiran ihan kohta? Haen avaimen ensin ja pirautan vaikka vähän ennen kuin olen siellä Korialla.

Timppa oli melkoisessa tokkurassa. Juvosella oli vaikeuksia saada mies heräämään ja avaamaan ovea asuntoonsa. Lähes hengitystään pidättämällä Juvonen pyysi hallin avainta tunniksi tai kahdeksi. Timppa kaivoi avaimen olohuoneen pöydän laatikosta ja vannotti tuomaan sen takaisin. Miksi avainta tarvittiin, siitä Timppa ei jaksanut olla kiinnostunut. Seuraavaksi Kian nokka osoitti Korialle päin. Korian ABC:n kohdalla Juvonen soitti Häkkiselle ja kertoi olevansa jo melkein pihassa. Häkkinen oli ehtinyt kuitenkin jo ulos ja istuskeli puutarhakeinussa. Lippe makoili hänen vieressään maassa.

- No päiviä! Juvonen kätteli vanhaa ystäväänsä oikein kädestä pitäen, samoin Lippeä. Koira oli noussut istumaan ja ojentanut etukäpälänsä tervehtimistä varten. Juvonen istahti keinun vastapuolelle ja miehet muistelivat vanhoja, yhteisiä virkavuosiaan. Häkkinenhän oli paljon iäkkäämpi kuin Juvonen, mutta hyvin he olivat toimeen tulleet.

- Jos minä nyt sitten lainaisin tätä mustaa ihmettä, Juvonen tokaisi ja kytki Häkkisen antaman taluttimen Lipen pantaan. Lähdetäänkö Lippe?

- Mene, antoi Häkkinen lähtökäskyn, ja koira hyppäsi Kian takapenkille.

Arkisesta maanantaista huolimatta hallin piha oli edelleen hiljainen ja kaikki ovet kiinni. Juvonen avasi poikien verstaan oven ja otti Lipen autosta. Hän vei koiran halliin ja pani oven kiinni jääden itse sisälle.

- Hae! Käskytti Juvonen koiraa ja koira ryhtyi iloisesti häntäänsä heiluttaen työhönsä. Työrupeama jäi vain kovin lyhyeksi. Lippe rupesi raapimaan rengaspinoa vimmatusti.

Juvonen kytki Lipen ja vei sen autoonsa ja palasi halliin alkaen purkaa rengaspinoa. Päällimmäisissä renkaissa oli vanteet, mutta kahdessa alimmassa ei. Vanteiden sijaan siellä oli Adidas-urheilukassi ja kassissa sitten minigrip pusseihin pakattuna valkoista jauhoa. Vaikka Juvonen ei olutkaan huumepoliisi, riitti yhden pussin avaaminen ja sisällön nuuhkaisu kertomaan, mistä oli kyse. Toinen samanlainen kassi löytyi toisesta pinosta. Juvonen riiputteli kasseja kädessään ja arvioi, että painoa yhdessä kassissa oli yli kymmenen kiloa, siis yhteensä yli kaksikymmentä kiloa. Siinä se oli, lähes miljoonaomaisuus!

Juvonen pujotti kassit jätesäkkiin, joita hänellä oli aina auton perässä, säkin hän nosti auton tavaratilaan. Sen jälkeen hän pinosi renkaat takaisin päällekkäin, sammutti valot ja lukitsi oven. Hän kävi viemässä avaimen pois ja ajoi Lipen kanssa Korialle, matkalla tosin hän poikkesi eläinkaupassa ostoksilla Lippeä silmällä pitäen ja Alkossa Häkkistä varten.

- No eipä ollut pitkä keikka, hämmästeli Häkkinen.
- Mutta sitäkin onnistuneempi! Tässä isännälle ja tässä Lipelle, hän ojensi pienen viskipullon Häkkiselle ja ison puruluun Lipelle. Kuule palataan tähänkin reissuun tarkemmin vähän myöhemmin, mutta nyt minulla olisi kiire, minulla on vielä huominen vapaata ja tekemistä hirveästi!

13.

Juvonen ei millään meinannut uskaltaa jättää autoaan omalle parkkipaikalleen, niin paljon tehty kaappaus nosti kierroksia Juvosen sisimmässä. Nyt olisi mahdollista ratkaista kaikki asiat kertalaakilla, mietti Juvonen ja tunsi miten kainalot kostuivat. Juvonen teki lopullisen päätöksen. Hän hyppäsi uudelleen autoonsa ja ajoi R-kioskille lataamaan prepaid-liittymäänsä reippaasti puheaikaa lisää. Sitten ajo kotiin ja pitkä viski eteen. Ensiksi hän soitti normaalipuhelimellaan Maaritille ja kertoi päätöksestään ja jäi odottamaan Maaritin suhtautumista asiaan. Se oli myönteinen! Seuraavaksi puhelin vaihtui esimaksettuun ja Juvonen alkoi tavoitella kahtakin vanhaa "venkulaa", joilla saattaisi olla piireissään paljonkin tietoa. Ensiksi tavattu Jose-nimellä tunnettu, helsinkiläismies ei tiennyt tai ei ollut tietävinään mitään. Juvosen hän toki sanoi muistavansa. Toinen tärppäsi paremmin. Juvonen sai kutsun tulla Riihimäen rautatieaseman ravintolaan ja sanoa pokelle ovella, että jos Kaarloa kysytään, niin tämä neuvoisi tulemaan hänen pöytäänsä. Treffit oli samalle illalle kello 20. Juvonen hämmästyi, näissä kuvioissa toimittiinkin tarvittaessa todella nopeasti.

Juvonen söi nopeasti, mitä jääkaapista sattui löytymään ja ajoi rautatieasemalle ja aloitti pikaisen naamioitumisen. Hän kiinnitti Kouvolan teatterissa työskentelevältä lavastajata saamansa peruukin ja tekoviikset huolella paikalleen ja sovitti paksusankaiset silmälasit nenälleen lasien linssit olivat ikkunalasia, joten näkökykyyn ne vaikuttaneet. Aikaahan oli vielä riittävästi, jos vain junat kulkisivat sopivasti. Yhteydet olivat todella hyvät arkisin ja sopiva yhteys löytyi, juna olisi Riihimäellä 19.45, siis oikein passelisti. Juvonen vietti tovin aseman vintillä ottaen yhden ison oluen. Auton jättäminen VR:n parkkiin pani nieleksimään tyhjää, mutta ajatukset oli pakko suunnata tulevaan. Oluen aikana hänen ajattelemansa suunnitelma vahvistui ja vielä junamatkan aikanakin hän ehti viimeistellä ajatuksiaan, kuinka hänen tulisi toimia. Hänhän oli ajautumassa hyvin vaaralliselle tielle.

Riihimäen asemaravintolassa meno oli vilkasta. Laajassa ravintolassa istui joitakin kantaporukoita, mutta suurin osa oli risteysaseman vuoksi junia vaihtavia matkustajia odottelemassa uutta junaansa. Ovella hän oli tullessaan sanonut portsarille, että jos joku kysyy Kaarloa, niin ohjaa kysyjän hänen pöytäänsä painaen samalla 20 € setelin portieerin käteen. Juvosen ei tarvinnut kauaa istuskella olutlasi edessään, kun pöytää kohti lähestyi kaksi miestä. Nuorempi oli selvästi jonkinlainen gorilla vanhemmalle, hyvin kalliisti pukeutuneelle, harmaa päiselle herrasmiehelle. Nuorempi oli pukeutunut mustaan nahkatakkiin ja oli olemukseltaan selkeästi moottoripyöräjengiläisen näköinen. Juvonen oli nähnyt näitä riittämiin poliisityönsä aikana. Nuorempi esittäytyi kättelemättä Hessuksi ja vanhempi kätellen Paanaseksi.

- Minulle tuli infoa, että sinulla saattaisi olla jotain myytävää, aloitti Paananen.
- Saattaapa hyvinkin olla, rahastahan kaikki on kiinni, vastasi Juvonen varovasti.
- Raha sinänsä ei varmaankaan ole ongelma, tavaran laatu ja määrä kylläkin.
- Hollannin hepoa n. 20 kg, täräytti Juvonen suorasukaisesti.
- Onks se se Karttusen satsi? Hönkäisi Hessu silmät renkaina.

Paananen mulkaisi pahalla katseella Hessua, kröhäisi kurkkuaan ja tokaisi.
- Sittenhän me puhutaankin jo isommista summista, kuinka isoista?
- Puoli milliä minulle ja te saatte kevyesti sille katteen, katuarvohan on pitkälti toista milliä.
- Miten niiden rahojen kanssa pitäisi toimia? Paanasen puheensävy oli kiinnostunut.
- Tavataan, jos pätäkkää löytyy, huomenna Kouvolassa. 50 tonnia käteisenä ja lopusta suoritus Luxemburgilaiselle pankkitilille. Kun minulla on

pankin ilmoitus 450 tonnin tilisiirrosta huomenna iltapäivällä, tapaamme ilmoittamassani paikassa Kouvolassa huomisiltana. Tilinumeron laitan huomenna kello 11 mennessä sähköpostilla teidän antamaan osoitteeseen.

- Hessu tulee autolla huomisiltana Kouvolaan viisi kymppiä mukanaan ja tässä on käyntikorttini siinä on sähköpostiosoitteeni. Teidänkin terveyden vuoksi toivon, että kaikki on huomenna ok siellä Kouvolassa. Rahat ovat varmasti tilillä.

Kaikki kolme nousivat pöydästä yhtä aikaa, nyt kätteli Hessukin.

Paluumatkalla Kouvolaan Juvonen katseli kännykästään valmiiksi Luxemburgilaisia pankkien osoitteita, kirjaten kaksi kiinnostavimmalta kuulostavaa ylös. Aamulla pitäisi pystyä tilinavaukseen Luxemburgiin. Onneksi hänellä oli eräs tuttava Nordeassa töissä nimenomaan kansainvälisellä osastolla Helsingissä. Itse asiassa tähän tuttavuuteen nojautuen Juvonen oli rakentanut koko tämänpäiväisen projektinsa.

14.

Komisario Kokkonen oli saanut viikonlopun aikana synkkää viestiä Pentikäisestä ja Saloniuksesta. Miehet uinuivat nukutettuina Töölön sairaalan kirurgisella osastolla ja heillä olisi edessään, paitsi varma eläköityminen, myös pitkä leikkaus- ja hoito-ohjelma. Koko homma menisi työtapaturmana, joten kalliiksi kävi Kouvolan reissu. Asia jurppi syvältä Kokkosta, kuinka kaksi niinkin kokenutta poliisimiestä voi joutua tuolla tavalla yllätetyksi. Hän päätti ottaa asiasta selvyyttä ihan itse ja ilmoitti ulos mennessään vastaanoton tytölle lähtevänsä käväisemään Kouvolassa. Ennen lähtöään hän oli lukaissut viimeisimmän raportin, jonka parivaljakko oli ehtinyt laatia, joten hän osasi ajella suoraan Eskolan mäkeen jututtamaan Marko Rosendahlin äitiä. Aivan kuten Pentikäinen ja Salonius, niin myös Kokkonen sai Haukitien osoitteen ja nimen Jyrkinen Timo. Kokkonen pysäköi mustan Volvonsa parkkiruutuun ja alkoi etsiä Jyrkisen ovea. Se löytyi toisesta kerroksesta melkein porraskäytävän kodalta. Kokkonen

64

soitti ovikelloa. Ovisilmässä vilahti valoa hetkisen ja sen jälkeen ovi aukeni todella nopeasti. Eipä kerennyt Kokkonenkaan ihmetellä, kun hän tunsi olevansa sisällä ovipieltä vasten jalat hieman ilmassa. Jättiläinen hihkaisi: "Kouvolassa kätellään näin! KooKOO!" Jälkimmäisen koon kohdalla Timo tempaisi terävästi suoraan alaspäin niin, että sekä olka- että kyynärpään nivelsiteet repesivät. Lisäksi puristus kämmenestä murskasi pienet kämmenluut. Kättelyn päätteeksi oikealla kädellä annettu raivoisa isku sivulta Kokkosen leukaan siirsi koko alaleuan sivuun.

"Naama on kuin pähkinä nakkelilla! Häh häh hää! Odotas perkule, kun haen vielä lettupannun, niin on kulkemiset kuljettu!"

"Vittu, että on tyhmiä tyyppejä!" manasi Timo huidellessaan Kokkosen polvet murskaksi sekä iskien suun tienoolle vielä hurjan sivalluksen. Lopuksi Timo nosti tajuttoman Kokkosen tuulikaappiin ja siivosi eteisestä kaikki verijäljet. Sitten Timo otti vanhan sadetakkinsa, kääräisi sen Kokkosen päälle, nappasi koko miehen kainaloonsa ja lähti taluttamaan Kokkosta ulos. Jyrkinen arvasi Kokkosen auton, ei muilla ollut sellaista tässä talossa. Avaimet löytyivät Kokkosen taskusta. Timo tunki Kokkosen takaistuimelle ja hyppäsi itse rattiin. Hän ajoi POKS:n ensiavun parkkipaikalle ja jätti auton ja Kokkosen ja meni läheiselle bussipysäkille matkustaen keskustan kautta Lehtomäkeen kotiinsa. Yksi olut oli paikallaan.

Puolen tunnin kuluttua yksi POKS:sta ulos tullut asiakas huomasi autossa retkottavan miehen mennessään vieressä olevalle omalle autolleen. Hän kävi ilmoittamassa päivystykseen löydöstään. Kolme tuntia tästä Kokkonen työnnettiin kolmanneksi samaan huoneeseen alaistensa kanssa nukutettuna ja ensiavun saaneena. Hänellä oli ollut paperit mukanaan ja niin lähti ilmoitus myös Hämeen poliisilaitokselle Lahteen.

Tiistai aamuna laitoksella pidettiin tiedotustilaisuus, jossa kerrottiin lähes koko huumejaoksen olevan tajuttomana Töölössä, ainoastaan rikoskonstaapeli Riipinen oli enää rivissä. Poliisipäällikkö ilmoitti huumetutkinnan siirtyvän KRP:lle. Oikeastaan se olisi pitänyt siirtää jo Porvoon jupakan jälkeen, mutta Kokkonen oli halunnut kunnianhimoisesti viedä jutun loppuun asti. Kokkosen kannalta se oli nyt todellakin lopussa.

15.

Juvonen soitti tiistaina heti yhdeksältä tuttavalleen Helsingin Nordeaan selittäen tarvitsevansa itselleen Luxemburgista tilin perintörahojen suojaamiseksi. Kyseessä olisi sen verran iso summa, että ei verottajankaan tarvitsisi siitä tietää. Että sellainen tili. Tuttava ilmoitti palaavansa ennen kymmentä asialle, mikäli sen tyyppisen tilin avaus onnistuisi näin nopeasti. Hän kysyi myös Juvosen henkilötiedot, jotka olivat välttämättömiä.

Vähän ennen kymmentä Juvosen puhelin soi.
- Hyviä uutisia sinulle. Sait vielä tällaisen tilin, jonka numero on LX20078889-34445-1118 ja saat sähköpostiisi listan koodeista, joilla saat tilitietoja ja voit tarvittaessa siirtää sieltä tai sinne rahaa. EU:lta on tulossa säädökset, että kohta näitä tilejä ei saa enää avata, joten vielä kerran onneksi olkoon.
- Haluan muistaa Sinua tästä vaivan näöstä, pistä siihen sähköpostiin myös oma tilinumerosi!
- Jaahas, no katsotaan. Heippa!

Ja niin vähän ennen yhtätoista Juvonen lähetti Paanaselle sähköpostissa saamansa tilinumeron ja viitekoodiksi saamansa ensimmäisen koodin. Näiden jännittävien operaatioiden jatkoksi alkaisi todellinen jännitys, tapahtuisiko tilille minkäänlaista siirtoa. Juvonen päätti juhlistaa joka tapauksessa tätä viimeistä vapaapäiväänsä menemällä lounaalle ravintola Sip-Sakiin, koska tiesi saavansa sieltä todella maittavan lehtipihvin lisukkeineen.

Sip-Sakissa ruokaa odotellessaan Juvonen hoksasi, että aamun Kouvolan Sanomat jäi lukematta. Ravintolaan oli joku jättänyt tuoreen Ilta Sanoman. Lehden etusivulla oli taas kissan kokoisin kirjaimin JÄRJETÖN VÄKIVALTA JATKUU KOUVOLASSA. Juvonen hätkähti rajusti tunnistaessaan jutusta kuka uhri oli!
- Ei perhana! Koko troikka poissa pelistä! Manaus oli hyvin lähellä karata täyteen ääneen.
Juvonen luki jutun kahteen kertaan. Toisella kerralla hymy levisi Juvosen kasvoille niin, että pöytään ruokalautasen kiikuttanut turkkilainenkin sanoi.
- Hjuvia uutisia?
Juvonen vain nyökytteli päätään hyvin leveästi hymyillen ja alkoi metsästää haarukalla ranskalaisia leikkaamansa pihvipalan seuraksi. Ruokailun jälkeen Juvonen riensi kotiinsa ja soitti työpaikalleen kollegalleen Pekka Laakkoselle.
- Tere, tässä on vapaat loppumassa ja ajattelin haukata leivästä vähän etukäteen. Mikä tilanne siellä Lehtomäessä oikein on?

- No perkele, saat olla varma, että huomenna saat sinäkin juosta siellä! Koko talo on ratsattu ainakin kahteen kertaan, missään asunnossa ei ole merkkiäkään mistään väkivallasta. Aluksi epäiltiin ja oltiin melko varmoja, että Iso-Timo on unohtanut lääkkeensä ja hermostunut. Jututimme häntä kahteenkin kertaan, molemmilla kerroilla poika käyttäytyi rauhallisesti, näytti lääkkeensä ja kertoi tarkasti noudattaneensa annostelua. Hänellä ei ole käynyt ketään vieraita. Jos muistat vanhoja juttuja, niin Jyrkisen Timo oli pahoinpidellyt useammankin miehen aika pahasti, muta oikeudessa paljastui, että hän on henkisesti kehityksestä jäljessä ja hän joutui Niuvanniemeen. Kun sinne joutuu poispääsystähän ei ole tietoa. Soitimme tämänkin jutun aikana sinne ja hänen vastuu hoitajansa, Ahomäen Erkki nimeltään, kertoi, että Iso-Timo on koekotiutuksessa Kouvolassa ja asuu yksin luhtitalon kaksiossa. Kuusankosken psykiatrisesta käydään aika ajoi häntä katsomassa. Hyvin on kuulemma mennyt. Ollaan tultu siihen tulokseen, että hakatut on tuotu jostain sinne tarkoituksena harhauttaa tutkijoita. Se oli se tuorein tapaus muuten käsitelty saman kaavan mukaan, kuin ne kaksi aiemmin löydettyä. Oikea käsi on repäisty veltoksi ja kämmenluut puristettu kasaan, polvet lyöty jollain metalliesineellä tohjoksi ja myös suuhun on lyöty kovaa. Lisäksi on vasemman käden sormet katkottu kääntämällä ne ranteen puolelle. Ainoa ero oli, että uhrilla oli vaatteet päällään ja lompakkokin tallessa, kun se löydettiin omasta autostaan POKS:n parkista.

69

- No, johan on meininki. Juutilainen on varmaan kuumana kuin hellakoukku?

- Vähintäänkin! Helsinkiä myöten ahdistellaan, että onko siellä Kouvolassa poliisia enää ollenkaan, kun mitään ei tapahdu! Että tervetuloa Hermannin nuorisoseuraan takaisin.

- Kiitoksia näin alkupaloista. Onkin sitten tekemistä riittämiin. Nähdään huomenissa.

- Jep nähdään.

16.

Seuraavaksi Juvonen haki Ahomäen Erkin nimellä puhelinnumeroa Kuopioon. Ahomäki löytyi, mutta ei Erkki vaan Annikki. Koska muita Ahomäkiä ei ollut Juvonen soitti numeron.

- Annikki Ahomäki.
- Täällä on toimittaja Huurtamo Puijolaisesta, paikallislehdestä, tiedättehän?
- Kyllä lehti on tuttu, mitä asia koskee?
- Poikanne Erkkihän on hoitajana Niuvanniemessä?
- Kyllä on.
- Olisin kartoittanut vähän hänen taustaansa, koska hänestä ollaan tekemässä oikein artikkelia kuvien kanssa lehteemme. Saimme idean, että sellaista työtä tekevästä henkilöstä ollaan kiinnostuneita, otimme yhteyttä sairaalaan ja he suosittelivat Erkkiä kohteeksi.
- No sehän kuulostaa mukavalta! Mitä te haluatte tietää?
- Ensiksikin perhesuhteista. Onko aviossa, lapsia, mitä vaimo tekee työkseen ja tällaista.

71

- Erkki asuu kotonaan minun kanssani. Hän on poikamies. Hänen isänsä kuoli noin kolme vuotta sitten ja ainoa miespuolinen sukulainen on veljeni Arvi. Arvi asuu Iisalmessa ja liikkuu aika harvoin missään, reumatismi on hänen ongelmansa. Arvi ei ole kertaakaan käynyt Erkin työmaalla, mutta vapaapäivinään Erkki käy hyvin usein setänsä luona. Arvi on hieman minua nuorempi, 48 vuotias.
- Kuulkaas rouva. Nyt minun täytyy jo toppuutella, tässä on tausta-aineista, vaikka kuinka paljon. Lähetän teille tarkistettavaksi jutun ennen sen julkaisua. Kiitoksia vielä oikein paljon.

Juvonen mietti hetken aikaa, miten jatkossa esiintyisi. Ensiksi soitto Jyrkisen Timpalle pre-paidilla ja sitten piti odotella viestiä tilisiirrosta ja vasta sen jälkeen ilmoittaa Paanaselle tapaamispakka. Jos kaikki menisi niin kuin Strömsjössä, saattaisi eräs Hesalais konna olla illalla kipeä!
- Timppa
- No tervehdys sinulle, täällä puhuu Ahomäen Arvi Iisalmesta, tällä hetkellä Kouvolassa!
Juvosta jännitti tavattomasti tämä riskaabeli soitto. Olihan täysin mahdollista, että Timppa löisi luurin korvaan niin kuin edellisellä kerralla, jos nimi Arvi Ahomäki ei soittelisi mitään kelloja Timpan lääkkeiden turruttamassa päässä.
- Arvi setä! Tämähän on ylläri, mitä sä täälläpäin duunaat?
- Kuule, minulla on pieni pulma, voisitko ottaa minun matkakassini vähäksi aikaa sinne asuntoosi,

tulisin illalla kahdeksan jälkeen hakemaan ne sitten pois? Voisin tuoda ne sinulle vähän ennen kuutta.

- No totta helvetissä voit! Minä takaan, että kukaan ei niihin puutu sillä aikaa! Onko sulla aikaa juoda kahveet, juteltaisiin Erkistä, on kerta kaikkiaan mies parhaasta päästä!

- Ehkä sitten kahdeksan jälkeen. Tavataan puoli kuuden maissa.

- Okei, näin teemme. Tervetuloa.

Juvonen meni jääkaapilleen ja kuivasi hikeä osaltaan, nyt on totisesti oluen paikka! Vähän ennen kahta Juvonen soitti Nordeaan tuttavalleen ja pyysi tarkastamaan tilin saldon antaen toisen koodinumeron.

- Tilillä on 450 tuhatta euroa! Aika paljon, mistä sinä näin ison perinnön sait? Tuttava oli unohtanut roolinsa pankkitoimihenkilönä, moista kysymystä ei kerta kaikkiaan saisi esittää.

- Ehkä on parempi, että kerron sen joskus myöhemmin. Juvonen vastasi kolealla äänensävyllä.

Tuttava huomasi menneensä uteliaisuudessaan liian pitkälle ja pyyteli anteeksi käytöstään, johon Juvonen murahti jotain hyväksyvää. Nyt oli toisen oluen paikka!

Juvonen otti yhteyden Paanaseen sähköpostilla ja ilmoitti tapaamispaikaksi Lehto Hovi-pubin parkkialueen Kouvolan Lehtomäessä kello 19 tasan. Tuntomerkkinä tiilenpunainen Kia. Viestin lähettämisen jälkeen Juvosella oli kaksi tuntia reilusti aikaa levätä. Iltapäivätirsat!

Naamioiduttuaan taas vähän ennen kuutta Juvonen soitti kännykällään Timpan oven takaa, pyytäen avaamaan oven.
Timpan iloinen naama ilmestyi ovelle. Juvonen morjesti armeijan tyyliin käyttämällä kättä lipassa, ei tullut mieleenkään kätellä! Sitten hän nosti kaksi perässä vedettävää laukkua Timpan asunnon suuntaan.
- Tässähän nämä laukut säilytykseen! Nyt minulla on vähän kiirusta, mutta sitten kahdeksan jälkeen nähdään.
Juvonen oli niin jännittynyt, että hän lähti ajelemaan päämäärättömästi, käyden kääntymässä Tykkimäen huvialueen parkkialueella, sieltä keskustaan ja edelleen Kuusankosken suuntaan. Veturin kahvila Naapantuurassa hän joi kahvit ja vilkuili kelloaan jatkuvasti.
- Perkele ammattina poliisi ja tällä tavalla pumppu hakkaa kuin halvatun jalka, Juvonen murisi puoliääneen.

Kello 18.55 Juvonen kurvasi Lehtohovin pihaan ja heti hänen peräänsä saapui punainen Ford Mustangi. Fordista astui ulos tuttu hahmo, Hessuhan se siinä. Juvonen vinkkasi miehen autoon.
- Oliko pahakin liikenne ajella, yritti Juvonen saada juttua aikaan.
- Eipä erikoisemmin, missäs mömmö on? 50 donaa on tässä! Hessu kaivoi povestaan paksun kir-

74

jekuoren.

- Ajele perästä, se on ihan tässä lähellä yhden kaverini vartioinnissa.

Hessu meni autoonsa ja seurasi sitten ajaen Haukitielle luhtitalon piha-alueelle. Juvonen avasi ikkunaa ja sanoi asunto 8, toinen kerros, soita ovikelloa kahdesti.

Juvonen jäi seuraamaan, mitä tuleman pitää. Hän näki kuinka Hessu soitti ovikelloa, sitten ovi avautui salaman nopeasti ja yhtä nopeasti katosi Hessukin sulkeutuvan oven taakse. Pihalle saakka kuului "KooKOO" ja joitain epämääräisiä ääniä. Sitten ovi avautui ja Juvonen huomasi, kunka Timppa linkosi kevyesti Hessun rappukäytävään. Hessu jäi liikkumattomana makaamaan rappuun. Paikalle ajoi henkilöauto, josta nousi nainen pienen lapsensa kanssa. He huomasivat tietysti Hessun ja hälytys ambulanssille lähti naisen puhelimesta.

Juvonen ajoi huomaamattomasti pois pihasta aina kotipihaansa saakka ja soitti Paanaselle käyntikortissa olevaan numeroon.

- Paananen, vastasi matala ja hiljainen ääni.

- Lähetit väärän tyypin, se perkeleen Hessu rupesi haastamaan riitaa minun saaliinvartijani kanssa ja sille kävi huonosti! Lähetä huomiseksi samaan aikaan samaan paikkaan pätevämpi kaveri!

- Mitä helvettiä se Hessu on isotellut.... no huomenna tulee sellainen kaveri, ettei se jää toiseksi!

17.

Kohta kahdeksan jälkeen Juvonen soitti Timpalle Arvi-setänä ja ilmoitti olevansa aivan tuota pikaa Haukitiellä. Timppa avasi oven ja oli kerrassaan loistotuulella.

- Mites sun bisnekset meni? Kuule mulla on jo kahvi keitettynä termoksessa. Käydään pöytään.

Juvonen riisui hattunsa ja päällystakkinsa sekä käveli kahvipöytään. Peilin ohi mennessään Juvonen totesi viiksien ja peruukin olevan nätisti paikallaan.

- Ne minun bisnekset nyt ovat mitä ovat, ei niistä ole kertomista, mutta Erkki laittoi kovasti terveisiä ja käski kysellä kuinka sinulla on mennyt täällä yksinelämisessä.

- Mikäpä minulla, olen lääkkeeni ottanut jokseenkin ajallaan ja mieli on pysynyt rauhallisena. Ainoastaan tuntemattomat ovikellon rimputtajat saavat minut kiehahtamaan, ne minä kättelen pikaisesti pihalle! Poliisithan on käyneet moneen kertaan, kun ne etsivät jotain väkivaltatyyppiä, joka olisi muka hakannut ne rappukäytävästä löytyneet. Ei tässä talossa sellaista asu! En ole viittinyt poliiseille sitä sanoa, että kun mulla kiehahtaa niin samalla katoaa muistikin vähäksi aikaa, se on vissiin näiden lääkkeiden vaikutusta. Voisitko sä kysyä Erkiltä, ihan kahden kesken, onko sellainen mahdollista?

- No mikä ettei! Kysytään, kysytään. Soittelen sitten tai panen tekstiviestiä, mutta sellainen erikoinen toive tai pyyntö minulla vielä olisi, että lähtisitkö henkivartijaksi minulle huomisiltana? Hesasta on tulossa joku gangsteri muka neuvottelemaan, mutta minulla on pelko, että tulen hakatuksi! Tulisin hakemaan sinut vähän ennen seitsemää.

- Kyllä vaan sellainen passaa. Eihän sinua saa hakata! Kun minä kättelen kaverin, se jää sille mieleen!

Juvosta hieman kylmäsi Timpan uho, niin varmasti jää! Juvonen kiitteli matkalaukkujen vartioinnista ja otti ne mukaansa omaan autoonsa.

Keskiviikkona aamu kahdeksalta Juvonen koputteli esimiehensä Juutilaisen ovipieltä ja ilmoittautui töihin.

- Kyllä sinua on jo kaivattukin! Nyt tarvitaan kaikki kokemus ja tieto, että saadaan se mielipuoli kiinni, joka pieksää ihmisiä henkihieveriin. Eilen illalla viimeksi tuli tieto, että Haukitiellä on taas tajuttomaksi pieksetty mies löydetty rappukäytävästä. Kuka perkele näkee asiakseen tuoda uhrinsa aina samaan paikkaan? Talon väki on niin moneen kertaan kuulusteltu, että jonkun ulkopuolisen sen täytyy olla. No onhan yksi samalla tavalla käsitelty

77

löytynyt POKS:n parkista ja liekö se taksimiehenkin niittaaminen saman tekijän tekosia, poikkeukset vahvistavat säännön sanoo vanha sananlasku!

- Eipähän ole ainakaan tekemisen puutetta. Menen ensiksi lukemaan raportit ja kuulustelupöytäkirjat, jos vaikka uusin silmin jotain ilmenisi.

- Teepä niin ja tervetuloa takaisin työelämään! Muuten kai olet kuullut, että niistä uhreista kolme on Lahden huumepoliiseja, yksi jopa komisario? Mitähän nekin on luulleet Kouvolasta löytävänsä? Ainakin kunnon selkäsaunan!

Juvonen meni työpisteeseensä, avasi tietokoneensa ja luki ensin viikon aikana tulleet sähköpostit, niitä oli yllättävän vähän. Ainoastaan Maaritilta tullut viesti lämmitti, siihen hän vastasi niin kaihoisasti kun osasi. Sitten Juvonen aloitti asiaan paneutumisen. Kuulustelupöytäkirjoja oli iso pino, ne olivat yksisivuisia ja lyhyitä. Kaikissa suunnilleen sama sävy, ei meidän talossa tuollaista tee kukaan. Ison-Timpankin kaikki tunsivat lempinimeltään vähintään ja pitivät todella isoa mustapartaista jättiläistä todella ystävällismielisenä, harmittomana asukkaana. Joku tiesi jopa, että Timppa käytti voimakkaita rauhoittavia lääkkeitä ja sehän vaan takasi että ei ainakaan siltä suunnalta syyllistä löydy. Myöskään poliisien laatimat raportit eivät sisältäneet mitään merkittävää tietoa. Niissäkin ihmeteltiin kovasti huumemiesten Kouvolan reissuja, kun täällä ei asiasta tiedetty mitään. Tosin viimeisimmässä raportissa kiinnitettiin huomiota siihen, että kaikki nämä poliisit olivat

78

käyneet vierailulla rouva Rosendahlilla. Miksi? Rouva oli itse soittanut Kouvolan poliisille maanantaina ja yrittänyt kysyä, miksi Lahden poliisit olivat kiinnostuneita hänen pojastaan, miksi ei Kouvolan poliisi. Raportit ja kuulustelupöytäkirjat luettuaan Juvonen tuli siihen tulokseen, että kyllä oli tutkinta pahasti jäljessä. Ensimmäiseksi Juvonen marssi Juutilaisen luo ja esitti, että tilattaisiin Lahdesta raportit millä verukkeella hyvänsä, oli pakko päästä ensiksi samalle viivalle huumemiesten kanssa.

- Yritin sitä jo aamulla. Eivät annan tänne vaan KRP:lle, se kuulemma jatkaa tutkintaa, totesi Juutilainen happamena.

Juvonen ihmetteli vielä kollegoidensa toimintaa ja sanoi sitten Laakkoselle lähtevänsä hänkin käymään rouva Rosendahlilla. Tosi asiassa Juvonen ajoi Veturiin ja meni Citymarkettiin ostoskärryjen kanssa. Pakastustarvikkeiden hyllystä hän löysi tarvitsemansa ja työnteli kärrynsä sitten jauhojen hyllylle. Kassaneiti kohotteli hieman kulmiaan viedessään ostokset koneelle, mutta ei tehnyt asiaankuulumattomia kysymyksiä. Seuraavaksi Juvonen suunnisti kotiinsa ja aloitti urakoinnin. Joskus ostamastaan keittiövaa'asta oli nyt todella hyötyä. Työ kesti yllättävän kauan ja Juvosella piti kiirettä ehtiä työpaikalleen ennen neljää. Juvonen kirjoitti raporttiluonnosta päivän reissuistaan, jos joku olisi ne tässä vaiheessa lukenut olisi varmasti ihmetellyt tutkinnan ilmiömäistä etenemistä, mutta hän ei tulostanut niitä. Raporttia kirjoittaessaan Juvoselle pälkähti päähän eräs ajatus, liittyen rouva Rosendahliin, miksi hän antoi kaikille väärän nimen Markon kaveria kysyttäessä. Vahingossa vai tahallaan? Vaikka vastauksen puute ei estänytkään millään tavoin Juvosen suunnitelman etenemistä, hän päätti ottaa siitä vielä selvää.

18.

Iltapäivällä viiden jälkeen Juvonen oli Viitakummussa Jukolankadulla soittelemassa Jyrkilän Timpan ovikelloa. Useasti soiteltuaan vihdoin viimein ovi aukeni ja uninen ja sekainen Timpan pää ilmestyi ovenrakoon.

- Tere taas! Nyt en tarvi avainta, mutta mun pitäisi saada jemmatuksi nää Markon kassit vähäksi aikaa, käykö?

- Paa ne tonne vaatehuoneen tapaseen, takanurkkaan ja roinaa päälle. Mitä niissä kasseissa on?

- Kuule en tiedä ja Make sano, ettei ole kenenkään muunkaan hyvä tietää, voi käydä terveyden päälle, ymmärräks? Juvonen iski silmää näkyvästi, niin että Timpan tajunta ehti sen rekisteröidä. Kassien piilottaminen sinänsä ei ollut vaikeaa, mutta karmeassa löyhkässä oleminen kysyi luonnetta.

- Mä tuun hakeen nää, kun Make sanoo, se lupas korvata sulle varastointipalkkion.

- Make on reilu kundi! Tokaisi Timppa saatellessaan Juvosen ulos saastan keskeltä.

Juvonen katsoi kelloaan, se oli varttia vaille kuusi. Hän oli luvannut hakea Ison-Timon puoli seitsemän jälkeen. Odotellessaan Juvonen kiinnitti taas peruukin ja viikset paikoilleen ja tarkasteli itseään peilistä. Nyt alkaisi yksi ratkaisevimmista tapaamisista, häntä vähän jännitti Timpan puolesta, minkähänlainen karpaasi Hesasta tällä kertaa tulisi ja olisiko se yksin? Siitä ei ollut ollut mitään puhetta Paanasen kanssa. Sehän voisi lähettää oikein kommandoryhmän varmistamaan, että aineet lähtee tällä kertaa mukaan! Juvonen käväisi Teboililla kahvilla ja ajoi sen jälkeen Lehtomäkeen ja soitti Timpalle. Hetken odoteltuaan Iso-Timo saapui hymyillen pihalle ja istahti Kiaan. Tuntui, että koko auto kallistui Timon painosta.

- Oletkos Timo käynyt koska viimeksi vaa'assa? Oikein huomaa, että olet kyytiin tullut!

- On siitä aikaa, eiköhän se paino jossain 140 kilon tietämissä huitele. Minnes mennään?

- Ajetaan ensin tuohon Lehto Hovin eteen, se Hesan kundi tulee autolla siihen, sitten ajetaan tuonne Lehtomäen urheilukentän parkkipaikalle ja käydään neuvottelu siellä. Ole autossa niin kauan, kun annan käsimerkin, sitten voit kätellä kaverin, Juvonen sanoi silmää iskien.

- Jep, ei tarvi sun Arvi-setä pettyä!

Melkein tasan seitsemältä Lehto Hovin parkkipaikalle kääntyi musta Chevy Van tila-auto. Kuljettajan paikalta ulos tuli kookas ja roteva mies nahkatakissa. Juvonen ehti huolestua, koska

82

miehellä oli ohuet nahkahansikkaat käsissään. Juvonen nousi myös autostaan ja meni tulokkaan luo.

- Toivotaan, että tällä kertaa homma pelaa! Ajele perässä muutama sata metriä, mennään vähän syrjemmälle, täällä on liikaa porukkaa.

- Okei, ajellaan!

Juvonen ajoi Lehtomäen urheilukentän parkkipaikalle aivan huoltorakennuksen kupeelle, nousi autosta ja meni avaamaan takaluukkua. Chevy Vanin ajaja ilmaantui viereen.

- Onks siellä kaikki. Noissa kasseissa?

- Siellähän ne hepot hirnuu! Juvonen nosti kassit takaluukun reunalle ja antoi samalla käsimerkin. Peilin kautta seurannut Timo nousi todella nopeasti autossa ja meni oikea käsi ojossa Hesan kundia kohti.

- Täällä Kouvolassa on tapana kätellä kunnolla, kun ensi kertaa tavataan! Timppa tarttui hämmästynyttä Hesan miestä kädestä.

- Niin, että kooKOO! Raju tempaisu meinasi viedä Hesalaisen polvilleen.

- Mitä vitt.....pääsi Hesan miehen suusta, kun nyrkki jysähti hirveällä voimalla miehen leukaperiin. Sitten Timppa nosti kaksin käsin roikaleen ilmaan ja täräytti polvellaan voimakkaan tällin Hesan miehen alavatsaan. Timppa pudotti kippurassa olevan miehen asvaltille ja nosti päätä hieman ilmaan ja jysäytti sen asvalttiin.

- No eipä ollut kummoinen ihmemies, kääntelenkö vasurin sormet vielä?

83

- Elä helkutissa kyllä tuo riittää! Sillä on varmasti leuka sijoiltaan ja monta hammasta paskana. Viitsitkö nostaa sen tuonne Chevyn ohjaamoon.

Juvonen ja Timppa ajoivat Haukitielle ja Timppa jäi kyydistä.

- Kuule Timppa, isot kiitokset sulle tästä gorillapalvelusta. Se olisi just käyny minuun kiinni, kun tulit väliin eikä minun tarvinnut luopua laukuistani! Vien terveisiä Eerolle Kuopioon, että voit oikein hyvin ja olet hyvässä kondiksessakin. Kysyn sitä unohtamisjuttua, johtuuko se lääkkeistä. Jos olet vielä joskus Kuopiossa, niin soittele, tulen hakemaan sinut kylään!

- Kiitokset vaan käynnistä Arvi-setä ja oli kiva olla avuksi. Soitellaan ja ehkä nähdäänkin!

Juvonen ajatteli itsekseen, että ei varmasti nähdä enää. Oli tosi hyödyllinen, mutta arvaamattoman vaarallinen kaveri tämä Iso-Timo. Juvonen riisui naamioinnin jo ajaessaan kotiinsa. Kotipihastaan hän otti taas puhelinyhteyden pre-paidillaan Paanaselle.

Paanasen ynähdettyä olevansa kuulolla, antoi Juvonen tulta täysi laidalta.

- Mikä saatanan gangsteri sinä oikein olet! Lähettelet tänne pystyyn nostettuja sikoja! Kehuit, että tulee mies joka hoitaa hommat, ei hoitanut vaan rupesi soittelemaan poskeaan minun kaverilleni ja sehän taas hermostu! Soittelen kohta puoleen ambulanssin sinne mihin se jäi!

- Mi..mitä perkeleen peliä sinä pelaat? Minä olen jumaliste hoitanut osuuteni viimeisen päälle ja sinä et

84

saa tavaraa toimitetuksi. Minä tulen jumalauta hakemaan sen itse huomenna! Sama aika ja paikka! Puhelu katkesi saman tien. Nyt tuli Juvoselle tuumaustauon paikka. Tulee helvetillinen kiire järjestää asiat huomisiltaa silmällä pitäen.

19.

Aamulla Juvonen soitteli muutaman virkapuhelun, yhden niistä Niuvanniemen sairaalaan Kuopioon. Hän ilmoitti yksioikoisesti, että hän oli tutkinut Timo Jyrkisen lääkepakkaukset ja niissä oli selvä varoitus sivuvaikutuksesta, joka voi aiheuttaa lyhytkestoisen mustin menetyksen. Totta kai tämä tiedettiin Kuopion päässä, mutta kun Juvonen jatkoi, että on vakavasti syytä epäillä, että Timo Jyrkinen on syyllistynyt useisiin pahoinpitelyihin, vakaviin sellaisiin, muistamatta itse mitään. Niuvanniemessä herättiin todenteolla ja ilmoitettiin, että sieltä lähtee auto noutamaan Timoa. Ei mitään poliisikuljetuksia, niistä Timo saattaa hermostua. Seuraavaksi Juvonen selvitteli mihin sairaaloihin hakatut huumekuskit on viety. Hessu oli viety Töölöön, mutta Hesan kundi oli POKS:ssa Kuusaanmäellä. Tämä oli hyvä tieto Juvoselle, herrat eivät voisi viestitellä toisilleen. Vaikeaahan se olisi nokikkainkin kun leuat olivat sijoiltaan ja iso osa hampaista murskana. Välillä hän pirautti Maaritille, joka oli

86

yhä vapaalla Lahdessa siskonsa luona. Juvonen päivitti tilanteen ja kysyi oliko Maarit edelleen mukana. Myöntävä vastaus lämmitti mieltä. Puolilta päivin Juvonen kävi Juutilaisen juttusilla ja pyysi palaveria kaikkien tutkintaan osallistuvien kesken, hänellä olisi kerrottavaa.

Palaveriin ilmaantui myös mies Helsingistä. Hän oli rikosylikonstaapeli Hämäläinen KRP:n huumeryhmästä. Varsin komea, ristiverinen ja kookas mies. Kouvolan poliisipäällikkö Montonen oli sopinut KRP:n kanssa, että se lähettää oman miehensä osallistumaan tutkintaan ja että pää asiallinen vastuukin siirtyy KRP:lle rikoksien vakavuuden vuoksi. Kun kaikki neljä Kouvolan poliisia, Juutilainen ja Hämäläinen olivat hakeneet paikkansa kokoushuoneen pöydän äärestä, Juvonen pyysi puheenvuoron heti sen jälkeen kun Hämäläinen oli ensin esitelty muille.

- Olen tässä nopeasti perehtynyt vapaalta tultuani tähän pahoinpitelytapausten ketjuun täällä Kouvolassa. Pahoinpitelyt liittyvät selkeästi Lahden poliisin huumetutkintaan. Heidän raportointinsa päättyy tänne Kouvolaan Eskolan mäkeen rouva Rosendahliin. Minäkin kävin tapaamassa tätä ystävällistä rouvaa ja hän kertoi kaikkien Lahden poliisien udelleen mahdollisia kätköpaikkoja hänen poikansa Markon käytössä, joka on kuten tiedätte tutkintavankeudessa Hämeenlinnassa. Rouva kertoi kertoneensa kaikille poliiseille saman tiedon Lassinkadun varastosta, jonka toinen avaimen haltija

87

on Timo Jyrkinen. Nimen perusteella poliisit osuivat Lehtomäessä Haukitiellä olevan luhtitalon ovelle ovikelloa soittelemaan. Osoitteessa asuva Timo Jyrkinen on kooltaan jättiläinen, yli kaksimetrinen ja erittäin lihaksikas kaveri, mutta henkisesti jälkeen jäänyt,yksinkertainen mies, joka hermostuessaan käyttäytyy erittäin väkivaltaisesti. Hän on ollut pitkään Niuvanniemessä vankimielisairaalassa hoidettavana ja oli nyt ollut kaksi kuukautta koekotiutuksessa Lehtomäessä. Hän oli päässyt tähän asemaan erittäin hyvän ja ystävällisen käytöksen ansiosta. Onnistuin tapaamaan Jyrkisen hermostuttamatta häntä soittamalla etukäteen kännykällä ja naamioitumalla hänen hoitajansa sedäksi. Asunnossa näin sitten lääkepurkit, joissa oli selvät varoitukset muistinmenetyksestä, jos potilas hermostuu jostain. Itse Timo kertoi hermostuvansa ovikellon rimputuksesta. Olisi tutkittava paitsi Timo, myös se takki, joka löydettiin POKS:n parkista tavatun uhrin päältä. Takki oli kuulemma aivan liian iso kyseiselle henkilölle, voisiko se olla Jyrkisen takki? Eikä tässä vielä kaikki, sanoi entinen mainostaja.

- Sinähän olet tehnyt päivässä ihmeitä! Perkule, jos kaikki toimisivat noin, niin kaikki jutut selviäisi! Juutilainen oli pitkästä aikaa hyvällä tuulella.

- No se toinen asia, jonka ehdin selviä on, että rouva Rosendahl on joko tahallaan tai vahingossa muistanut poikansa kaverin nimen väärin! Hän on sanonut nimeksi Timo Jyrkinen mutta kun selvitin varaston osoitteen perusteella rakennusvalvonnasta paljastui pieni virhe nimessä, ei Timo Jyrkinen vaan Timo

Jyrkilä. Tällainen henkilö asustaa Viitakummussa Jukolan tiellä.

- Sinne tehdään heti ratsia, päätti Juutilainen.

- Minkähänlainen jättiläinen tämä Jyrkilä sitten on, tiedusteli Hämäläinen kiinnostuneena.

- Sitä en tiedä, en ole vielä ehtinyt niin pitkälle, lasketteli Juvonen sujuvasti.

20.

Juutilainen määräsi Laakkosen ja Hämäläisen menemään Jukolantielle tapaamaan Timo Jyrkilää ja tutkimaan hänen asuntoaan. Miehet lähtivät saman tien, olihan mahdollista, että nyt päästäisiin paremmille jäljille.

Laakkonen sai pimputella ovikelloa kauan ja hän kerkesi Hämäläisellekin ihmetellä outoa hajua käytävässä, kun ovi raottui varovasti.

- Kouvolan rikospoliisista Laakkonen päiviä, päästäpä meidät sisään.

Kun ovi aukeni kokonaan, löyhkä iski vasten poliisien kasvoja.

- Hyi helvetti tätä hajua! Äkkiä ikkunoita auki! Poliisit kaivoivat taskuistaan nenäliinat nenänsä eteen ja alkoivat tutkia asuntoa, Jyrkilä kyyhötti silmät päässä toljottaen sohvan nurkassa sanomatta mitään. Eihän pienessä asunnossa kauaa mennyt kun vaatehuoneen perältä löytyi vanhojen mattojen alta kaksi Adidaksen kassia. Hämäläinen aukaisi toisen ja sulki sen saman tien.

- Bingo! Porvoon satsi on löydetty! Hämäläinen riemuitsi. Hän oli hyvin perehtynyt Porvoossa ammuskeluun johtaneeseen huumepidätykseen ja oli tietoinen kateissa olevasta saaliista. Nyt se polku oli kuljettu loppuun. Laakkonen vei Jyrkilän autoonsa ja soitti tietämäänsä siivouspalveluun pyytäen täyssiivousta Jukolantien osoitteeseen, lasku siivouksesta Kouvolan kaupungille, koska asunto oli kaupungin vuokra-asunto. Kaupunki saisi sitten periä laskun Jyrkilältä.

21.

Juvonen mietti iltapäivällä ankarasti, miten illan tapaaminen kannattaisi hoitaa, lopulta hän teki ratkaisunsa ja soitti samalle venkulalle, jolta oli Paanasen nimen edelliskerralla saanut. Hän sopi miehen kanssa sanatarkasti milloin ja kenelle tämä soittaisi ja mitä sanoisi. Sitten Juutilainen tuli hänen huoneeseensa ja alkoi puhua siitä, että Timo Jyrkinen Haukitieltä pitäisi varmaankin käydä noutamassa talteen siksi aikaa, kunnes Niuvanniemestä tullaan hakemaan. Juvonen tokaisi siihen.

- Minä en halua olla mukana, se saattaa tunnistaa minut äänestä tai jostain. Menkää niin, että soitatte ensin puhelimella ja sitten vasta ovikelloa.

- Näin teemme pannaan jäppiset asialle ja kerrotaan noudon syyksi vaikka, että häntä tarvitaan tunnistamaan jotain epäiltyä Haukitiellä liikkunutta.

Kotonaan Juvonen valmistautui kello 19 varten naamioitumalla taas kerran peruukkiin ja viiksiin sekä silmälaseihin. Lisäksi hän otti lukitusta pöytälaatikosta virka-aseensa, jota hän ei ollut tarvinnut muualla kuin poliisien ammuntaharjoituksissa. Tällä kertaa oli tunne, että tilanne voisi kärjistyä, varsinkin jos Paananen tulisi jonkun porukan kanssa. Olisihan hänen kannaltaan mahdollisesti halukkuutta vähän tasata puntteja, koska kaksi hänen henkivartijaansa oli hakattu pois pelistä.

Juvonen odotti Kiiassaan Lehtohovin parkkialueella hieman levottomana. Elokuun lopussa iltakin alkoi hieman hämärtää tehden tunnelmasta jännittyneemmän. Tasan kello 19 pihaan ajoi musta iso Mercedes Benz, sieltä kalliimmasta hintaluokasta. Auto pysähtyi Kian viereen ja tummennettu sivulasi aukesi äänettömästi. Juvonen näki Paanasen silmälasien heijastuvan pelkääjän paikalta.
- Mihin ajetaan? Oli ainoa kysymys, joka Mersusta esitettiin.
- Seuraa perässä, vastasi Juvonen.
Juvonen ajoi Tykkimäen huvipuiston parkkipaikan peränurkkaan ja Mersu seurasi kuuliaisesti. Juvonen sammutti autonsa nousi ulos ja meni takaluukulle. Mersusta nousi kuljettaja, isokokoinen roikale ja tuli Juvosen viereen. Juvonen nosti vedettävän matkalaukun, joita oli kaksi, takaluukun reunalle ja napsautti sen auki. Laukusta hän otti yhden minigrip-pussin ja avasi sen tarjoten Mersun kuljettajalle nähtäväksi. Kuljettaja otti koko pussin ja vei sen Mersun pelkääjän puoleiselle ikkunalle, joka avautui ja Paanasen käsi otti pussin tutkittavakseen. Kohta pussi palautettiin kuljettajalle. Juvonen valpastui, nyt oli tarkat ajat! Kuljettaja tuli

rennosti kävellen ja hymyillen Kian taakse.

- Kelpaa! Ja tätäkö on molemmat laukut?

- Sitä itseään, en ole jokaista pussia haistellut, niitähän on monta kymmentä kummassakin laukussa.

- Okei, okei tämä diilihän on nyt sitten loppuun hoidettu! Kuljettaja kantoi laukut Mersun takaluukkuun, läimäsi kannen kiinni ja hyppäsi autoon. Mersu kurvasi paikalta tyylikkäästi, arvoauton mukaisesti. Juvonen seurasi, miten Mersu kääntyi Mikkelin tieltä Lappeenrannan tielle Helsingin suuntaan. Juvonen soitti pre-paidillaan venkulalle ja kertoi Mersun rekisterinumeron ja sen että auto lähti juuri Kouvolasta kohti Helsinkiä.

21.

Helsingissä KRP:n huumeryhmälle tuli kiireinen tehtävä. Luotettavalta taholta oli tullut kuuma vinkki, että Paananen itse olisi kuorma päällä tulossa Helsinkiin päin ja lähtenyt hetki sitten Kouvolasta. Härkönen ajoi ja Kuosmanen oli vieressä, autossa oli sinivilkku päällä ja perässä yritti pysyä järjestyspoliisin Mondeo. Mentiin moottoritietä todella lujaa, tavoitteena oli ehtiä Koskenkylään suluttamaan Mersu Kouvolasta tulevalle leveäkaista tielle. Moottoritieratsia olisi tässä aikataulussa hankala järjestää ja Helsinkiin asti ei saalista kannattanut päästää, siellä olisi Paanaselle turhan paljon tuttuja pikkuteitä. Koskenkylästä poliisit ajoivat Liljendalin Shellin kohdalla olevalle bussipysäkille odottamaan. Mersu saapuikin hieman nopeusrajoitusta suuremmalla vauhdilla. Järjestyspoliisi heilutti punaista valopamppua ja ohjasi Mersun poliisiautojen taakse.

- Ei kai me ny niin paljoa ylitte ajaneet, että tarttis sakottaa? Mersun kuski katsoi kysyvänä avonaisesta sivulasista.

- Molemmat ulos autosta, ärähti Härkönen, ja auton takaluukku auki!

Kuosmasen raudoittaessa sekä Paanasen, että kuljettajan, Härkönen tutki laukkujen sisältöä ja haisteli yhtä avaamastaan pussista.

- Joo, tämä on selvä. Voitaisiin porukalla vaikka laulaa."Oli hepokatti maantiellä poikittain jala jallan hulivili vei.." Pidätän paikalla olevat henkilöt epäiltyinä erittäin suuren heroiinierän hallussapidosta. Ja sitten Helsinkiin tai oikeammin Vantaalle KRP:n päämajaan. Joku jäppisistä ajaa Mersun meidän perässämme.

Istuutuessaan hieman hankalasti käsiraudoissa huumepoliisin auton takapenkille Paananen mutisi puoliääneen

- Minä jotenkin arvasin tämän, voi perkeleen perkele!

- Mitä herra oikein mutisee? Kävikö vihdoin viimein käry? Kauan on tiedossa ollut, että sijoittaja Paananen sijoittaa myös muualle kuin osakkeisiin, mutta nyt on konkreettinen näyttö! Herra voi vain arvata jääkö tuomio tästä yhtään alle 10 vuoden, olet tutiseva vaari, kun joskus linnasta pääset!

Härkönen ei malttanut olla soittamatta myöhäisestä ajankohdasta huolimatta esimiehelleen Helsinkiin, olihan aihetta työniloon, koska Paananen tiedettiin todella isoksi tekijäksi.

Esimies ei ollut ollenkaan pahoillaan soitosta, päinvastoin hän puolestaan informoi poliisipäällikköä suoraan tehdystä pidätyksestä ja näytöstä.

22.

Kouvolan rikospoliisissa riemuittiin Jukolantieltä löytynyttä iso huume-erää. Hämäläinen KRP:n miehenä erityisesti iloitsi, koska hän kytki löydöksen Porvoon juttuun. Nyt voisi pojat käydä Meilahdessa lohduttamassa Karttusta, että saaliista ei tarvinnut enää huolta kantaa, se oli turvallisesti poliisin hallussa. Paikalta pidätetty Timo Jyrkilä todettiin kuulusteluissa pelkäksi lavasteeksi koko tyyppi. Poika oli jatkuvasti erilaisten aineiden vaikutuksen alainen, ei sellainen tyyppi oikein rikolliseksikaan kelvannut. Tuomionhan Timppakin tietysti saisi, hallussapidosta ja kätkemisestä, mutta oli melkein sääli panna noin nuori ihmisriepu lusimaan. Hoitopaikka olisi oikeampi osoite.

Torstain iltapäivälehdet olivat revetä otsikoistaan. Kaksi isoa huumelöytöä samana päivänä! Sekä Vantaalla, että Kouvolassa luettiin Ilta-sanomia otsat rypyssä.
- Mitäs vittua tämä nyt on? Juutilainenkin alentui

kiroilemaan, kun olisi pitänyt olla iloinen.

- No ei se ole kuin sattumien sattuma! Poliisissa ei edes tiedetty kuin yhdestä satsista, mutta mitäs siitä, nyt tuli huumemarkkinoille hiljaiset ajat ainakin heroiinin suhteen! Yritti Juvonen lohduttaa esimiestään.

Molemmissa paikoissa oli ryhdytty saaliiden tarkempaan tutkintaan. Kouvolassa oltiin hieman nopeampia, koska muuta tutkittavaa ei sattunut olemaan työn alla.

- Toitte melkein vehnäkuorman, viestitettiin Juutilaiselle, vain vajaa kilo on yhteensä ehtaa tavaraa! Saman sisältöinen viesti saatiin Vantaalla hieman myöhemmin. Mistä oikein oli kysymys? Molemmilla poliisiasemilla mietittiin tätä "päät kuumana".

- Minä olen jotenkin varma siitä, että tämä meidän löytämä lähetys oli se Porvoon jupakan satsi ja Koskenkylästä saatu joku muu, uusi lähetys. Huijausta molemmat.

- Milläs perustelet, kysyi Juutilainen Juvoselta.

- No ainakin tämä kytkeytyi Rosendahliin! Se Jyrkilän reppanahan oli Rosendahlin kamu niissä autohommissa ja jos Rosendahlin piti ruveta diilaamaan, niin kaiketi hänellä piti olla jokin kätköpaikka tiedossa, johon lasti voitiin nopeasti toimittaa.

- Noinhan se voisi olla. Paananen on iso tekijä, jolla on kapitaalia vaikka kuinka paljon ja hän on vain ajallisesti sattunut ostamaan samaan aikaan oman lähetyksen. Lähettäjähän voi olla sama, koska on

98

huijattu samalla tavalla. Mutta miksi hän oli tulossa täältäpäin?

- Sehän voi olla pelkkää hämäystä! Sillä herralla on aikaa ajella vaikka ympäri Suomen!

- Mutta kun Paananen on alkanut sen verran puheliaaksi, että Vantaan pojat kertoivat Paanasen saaneen kuorman päälle Kouvolan Tykkimäen parkkipaikalta. Paikalla oli kuulemma ollut joku viiksiniekka punaisella Kialla, ja sieltä oli laukut nostettu hänen Mersuunsa.

- Tuohon on paha sanoa mitään sekä punaisia Kiioja että viiksiniekkoja riittää!

- Niinpä, onhan sinullakin punainen Kia, viikset puuttuu! Heläytti Juutilainen sen kertaisen pohdinnan lopuksi.

Omassa huoneessaan Juvonen tunsi kylmiä väreitä. Hän keskittyi rauhoittumaan, nyt elettiin kriittisiä aikoja. Jutun tonkiminen piti saada loppumaan! Olihan saalis löydetty ja syylliset kaikki kiinni.

- Hei Juvonen tules käymään vielä täällä! Hihkaisi Juutilainen, avoimien ovien kautta kutsu kuului hyvin.

- Kuule, mietin noita sinun perusteluitasi, mistä sinä tiesit, että Rosendahlin piti alkaa jakeleman lähetystä?

- Sen minä sain kuulla Pentikäiseltä ja Saloniukselta, kun istuttiin iltaa Old Tomissa pari viikkoa sitten. Innostuin vähän jutusta edellisenä maanantaina, kun luin lehdestä, että entiset työkaverini ovat olleet Porvoon taistelussa mukana. He kertoivat myös, että Marko on tutkintavankeudessa Hämeenlinnassa ja on kuulusteluissa tämän aiotun roolinsa sanonut.

- Olit kuulema vapaa-ajallasi käynyt Lahden poliisissakin? Kokkosen Pena ehti soittaa, ennen kuin hänelle sattui mitä sattui.

- Joo se käynti liittyi tähän samaan jutusteluun, minulla oli silloin mielessä vielä jotain kysyttävää pojilta, joita en sitten tavannut. Muutoin olin, niin kuin sanoin siellä sukuloimassa. Niin kuin tiedät, olen sieltä päin kotoisin.

- Mitähän se muu kysyttävä mahtoi olla?

- Olin vain kiinnostunut heidän sen hetkisestä hommasta etsiä kadoksissa ollut saalis, mutta kaverukset olivat ihmeen vaiteliaita silloin Kouvolassa, ajattelin udella lisää.

- Mikä siinä saaliin metsästämisessä sinua kiinnosti?

- No kun huhuttiin, että se on miljoonan euron satsi, niin täytyyhän sen jäljittämiseen satsata. Ajattelin vain ammatillisessa mielessä kysellä, millä keinoin moista ajojahtia tehdään? Sehän on huumepuolen erikoishommaa, se kiinnosti.

Juvonen hikosi paitansa alla. Jumalauta häntähän kuulusteltiin!

- Minä olen samaa mieltä Kokkosen kanssa. Antaa huumemiesten hoitaa omat hommansa, turhaan siihen sekosit! Juutilainen ilmaisi näin ainakin tällä erää keskustelun päättyneeksi.

23.

Juvonen päätti keskittyä hoitamaan loppuun pahoinpitelyjutut, niitähän hän virallisesti tutki. Hän kävi POK:sta hakemassa Kokkosen päällä olleen sadetakin. Se oli Ison-Timpan kokoa selvästi. Lisäksi hän rohkeni käydä vuodeosastolla tapaamassa Hesan kundia. Tämä tapaaminen hieman jännitti. Tuntisiko kaveri hänet nyt ilman peruukkia,viiksiä ja silmälaseja. Kirurgisen vuodeosasto sijaitsi kolmannessa kerroksessa. Kaveri löytyi huoneesta 6. Oikea käsi oli kipsattu koko pituudeltaan ja sidottu vartalon kupeelle. Kasvoissa näki kovan lyönnin seuraukset. Koko alaleuka oli tummunut ja hampaitakin oli poissa. Kaveri makoili sängyssä ja lueskeli jotain lehteä vasemman kätensä varassa Juvosen tullessa huoneeseen. Hän pani lehden pois ja osoitti vasemman käden etusormella suuhunsa päin ja pyöritti varovasti päätään. Juvonen käsitti, että kaveri ei oikein voinut puhua.
- Oliko lyöjä sellainen jättiläinen, todella iso mies?
Vastauksena nyökkäys todisti miehen olevan

yhteistyöhaluinen.

- Olitko hakemassa jotain lähetystä Kouvolasta vai miksi olit täällä? Juvonen tajusi samassa että jälkimmäiseen kysymykseen olisi pitänyt puhua jotain, joten Juvonen kysyi uudelleen vain kysymyksensä ensimmäistä osaa. Vastauksena jälleen nyökkäys.

- Oliko kyseessä huumelähetys? Nyökkäys.

- Toimitko Paanasen piikkiin? Nyökkäys.

- Tunsitko myyjän? Varovainen päänpyöritys.

- Siis paikalla oli jättiläinen ja toinen henkilö? Nyökkäys.

- Nimesi näyttää olevan Jarkko Karhila? Nyökkäys.

- Oliko tämä sinun käyntisi ensimmäinen sinun osaltasi? Nyökkäys.

- Tiedätkö oliko muita kävijöitä ennen sinua? Nyökkäys.

- Tiedätkö miten hänen kävi? Nyökkäys.

- Missä hän nyt on? Varovainen päänpyöritys.

- Onko Hesasta käyty sinua tapaamassa? Nyökkäys.

- Huumepoliisiko, minä olen rikospuolella? Varovainen pään pyöritys.

- Joku omainen? Varovainen päänpyöritys.

- Joku Paanasen miehistä? Nyökkäys.

- Olisitko halukas tarvittaessa todistamaan Paanasta vastaan, keventäisi sinun kakkua? Nyökkäys ja paljon puhuva katse perään.

- Tiesitkö, että Paananen on jäänyt kiinni ison lastin kanssa, ilmeisesti sen, joka sinun piti hakea? Nyökkäys ja helpottunut, hymyä tapaileva ilme.

- Kunhan pystyt puhumaan tavataan Kouvolan poliisiasemalla ja pannaan asiat paperille ja

102

nauhalle. Minä olen rikosylikonstaapeli Juvonen, tiedät kysyä minua. Nyökkäys.

Juvonen poistui POKS:sta erittäin tyytyväisenä. Työpaikalla hän kutsui KRP:n Hämäläisen luokseen ja kertoi POKS:n käynnin tulokset.

- En tiennytkään, että häntä saattoi puhuttaa. Helvetin hyvä asia. Varmistetaan, että Paanaselle tulee pitkä kakku ja mahdollisesti vielä paljastuu koko organisaatio! Nyt on soitettava Vantaalle, että käyvät Töölössä juttamassa sitä ensimmäistä hakijaa, jos sekin ryhtyy laulamaan, asiahan vaan paranee.

Juvonen jäi kuulolle, kun Hämäläinen informoi Vantaata. Puhelun lopuksi Hämäläisen ilme levisi leveään hymyyn.

- Olivat käyneet jo Töölössä ja kyllä tämä Henrik Lundén oli ollut yhtä halukas yhteistyöhön. Nyt minulla ei ole täällä enää muuta hommaa kuin yrittää saada jotain tolkkua Timo Jyrkilästä, kaveri on sekaisin kuin seinäkello. Kun selviäisi vielä sieltä löytynee lastin tuoja, en usko, että se on Jyrkilä.

Juvonen ajatteli mielessään, että sitähän sinä et selville saa. Ääneen hän tokaisi.

- Kyllä Rosendahlin pitäisi ainakin jotain tietää. Oletko käynyt juttamassa häntä?

- Joo, ennen tänne Kouvolaan tuloa käväisin, mutta se mies on täysi konna, ei puhu eikä pukahda.

- Lyckka till, sanos ruottalaiset. Veisteli Juvonen ja totesi, että pahoinpitelyjen suhteen alkoi kaikki olla selvää, hän aloittaisi raportin laadinnan.

- Minua helpottaa helkutusti se, että Niuvanniemi käy noutamassa piakkoin Ison-Timon ja tekijän rooli on selvä. **103**

24.

Hämäläisen tutkimukset eivät johtaneet mihinkään tulokseen. Henkilö, joka oli tuonut Adidas-kassit Jyrkilän Timolle, pysyi salaisuutena. Jyrkilällä itsellään oli jonkinlainen epäselvä mielikuva silmälasipäisestä ja viiksekkäästä, ei nuoresta miehestä, mutta enempää hän ei kyennyt kertomaan. Varsinkin tuonnin ajankohdasta ei ollut mitään näkemystä. Hän ajatteli, että ajan kanssa Jyrkilä saattaa selvetä paremmin ja jopa muistaa jotain uutta, joten Kouvolan miesten kannattaa käydä kysäisemässä. Samalla tavalla epäselväksi jäi Paanasen kuvailut myyjästä. Hän pystyi tietysti tarkemmin kertoman miehen ulkonäöstä ja arvioimaan hänen ikäänsä ja ajankohta oli minuutilleen selvää. Kuitenkin kaikkein tärkein yksityiskohta oli jäänyt Paanaseltakin huomioimatta, Kian rekisterinumero. Myöskään Paanasen kuljettaja ei saanut millään numeroa mieleensä vaikka oli ajellut muutaman kilometrin Kian perässä. Poliisin tutkimuksille näytti tulevan seinä vastaan väkisin. Hämäläinen oli jo siivoamassa tilapäistä työpistettään, kun häntä alkoi vaivata jokin ajatus, josta hän ei kuitenkaan saanut sillä hetkellä paremmin kiinni. Vasta illalla hotelli Cumuluksessa omassa huoneessaan, joka oli ollut koko ajan hänen käytössään, hän sai kopin ajatuksesta joka häntä vaivasi. Missä välissä Juvonen oli käynyt rakennusvalvonnassa ja miksi? Olihan hänellä rouva Rosendahlilta saatu osoite Lassinkadun varastolle. Seuraavana päivänä heti aamulla hän soitti rakennusvalvontaan ja kysyi Juvosen vierailun ajankohtaa ja syytä. Sihteeri muisti heti kalenteriin katsomatta Juvosen vierailun ajankohdan ja että hän oli halunnut tietää, kuka omistaa hallin. Tieto oli Hämäläiselle hämmentävä. Juvonen oli käynyt jo vapaalla olo viikollaan rakennusvalvonnassa, siis hän oli tietoinen nimisekaannuksesta jo reilua viikkoa aiemmin kuin hänen puheistaan saattoi ymmärtää. Äkkiä Hämäläisen mieleen palautui Juvosen ohimennen mainitsemat käynnit Lahden poliisilaitoksella, nekin ajoittuivat samalle viikolle. Vielä juohtui mieleen, että mistä Juvonen tiesi, että Paanasen lähetyskin sisälsi heroiinia? Mitä ihmettä Juvonen oli oikein puuhaillut vapaaviikollaan. Hämäläinen varusti pakkaamansa työpisteen uudelleen ja kävi kertomassa Juutilaiselle, että oli ilmaantunutkin uutta tutkittavaa. Hän halusi jäädä Kouvolaan vielä joksikin aikaa.

25.

Huumepidätykset ja -löydöt olivat isoja asioita poliisin ja miksei yhteiskunnankin kannalta ja niitä poliiseja, jotka olivat onnistuneet saaliinmetsästyksessä, muistettaisiin. Niinpä ei ollut mitenkään ihmeellistä, että Juutilaiselle tuli viesti rahan löytymisestä komisarion palkkaamiseen. Komisarion paikka julistettiin avoimeksi ja se täytettiin nopeutetusti. Juutilainen toki tiesi, kelle raha oli korvamerkitty. Nimityskirje annettaisiin Juvoselle saman tien.

- Juvonen, tules täällä käymään.

- Käskystä paikalla sanoi alokas Möttönen, ilmoittautui Juvonen.

- Komisario Esko Juvonen voi käydä varusvarastolla hakemassa asianmukaiset merkit juhlaunivormuun. Tässä on nimityskirje, onnittelen! Juutilainen yritti parhaansa ollakseen juhlallinen.

- Kiitosta, kiitosta. Se on sitten kahviossa piikki auki rikospuolelle iltapäiväkahvilla, yritän hankkia Kymen Wieneriltä vielä kakunkin, tilipussisahan tämä tällainen tuntuu, mutta jos sinne tupsahtaisi nyt sen verran enemmän kuin ennen, että jäisin omilleni.

- No et varmasti tappiolle jää.

Kotiin lähtiessään Juvonen oli ensin soittanut Maaritille ja kertonut uudesta tittelistään ja oli vastaanottanut erittäin lämpimät onnittelut, sen jälkeen oli puhuttu suunnitelman seuraavaan vaiheeseen siirtymisestä. Maarit ilmoitti olevansa asiassa mukana. Kotona Juvonen avasi läppärinsä ja alkoi etsiskellä tiettyjä kiinteistövälittäjiä. Sopivia löytyi kaksikin. Hän lähetti molemmille samansisätöisen viestin halukkuudesta ostaa kiinteistö tietyltä alueelta. Tutulle Kouvolalaiselle välittäjälle hän antoi asuntonsa tiedot ja pyysi asettamaan asuntonsa myyntiin.

Seuraavana päivänä Juvonen sai kirjoitettua raporttinsa valmiiksi liittyen Kouvolassa tapahtuneisiin pahoinpitelyihin. Raportin yhteenvedossa todettiin yksiselitteisesti, että tekoihin oli syyllistynyt syyntakeeton Timo Jyrkinen. Syynä raakoihin tekoihin oli ollut yksiselitteisesti hermostuminen, jolloin käyttäytyminen oli muuttunut väkivaltaiseksi ja seuraukset olivat olleet vakavia. Jyrkinen oli viety takaisin Niuvanniemeen. Juvonen kävi luovuttamassa raportin Juutilaiselle ja ilmoitti samalla hakevansa eroa poliisin palveluksesta. Eron hakeminen oli ollut vahvasti mielessä jo silloin kun väärentäjän kanssa junnattiin istunnosta toiseen, mutta mielessä oli käynyt myös, että ura olisi hyvä lopettaa jonkinlaiseen, kunnolliseen onnistumiseen ja nyt oltiin totisesti siinä pisteessä.

- No eipä ollut pitkäikäinen palkkamenojen lisäys! Oli taloudesta tarkan Juutilaisen ensikommentti.

- Oletko nyt ihan lopullisesti ja vakaasti harkinnut asiaa? Mitä aioit tehdä työksesi jatkossa, sinullahan on lähes kaksikymmentä vuotta työikää jäljellä?

- Minulla on ollut kysyntää ulkomaita myöten turvallisuusalalla ja ehkä tämän viimeisen jutun myötä on ehtinyt levitä tietoa entistä enemmän. Tehty tarjous on sellainen, etten oikein voi kieltäytyä.

- Itsepähän asioistasi vastaat. Se on sitten periaatteessa kuukausi, mutta jos välttämättä haluat ja jos on kiire, niin kahteen viikkoonkin voidaan mennä, irtisanoutumisaikasi meinaan.

- Mennään siihen kahteen viikkoon. Olen jo uskaltanut vähän sellaista luvatakin.

- Voit varmaan jotain pientä puuhaa hoitaa tämän loppuajankin?

- No töissähän sitä on oltava.

26.

Juvonen onki keskeneräisten juttujen joukosta taas väärennettyyn asiakirjaan liittyen tehdyn rikosilmoituksen, jota oli ehditty vähän "tonkia" ennen näitä pahoinpitelytapauksia. Alkutyön oli tehnyt rikoskonstaapeli Varis ja juttu oli siinä pisteessä, että väärennöksen tekijäkandidaatteja oli oikeastaan vain kaksi jäljellä, mutta mitään varsinaista näyttöä ei ollut kummastakaan ja käsialanäytteetkin olivat vielä grafologilla tutkittavana. Juvonen paneutui juttuun lukemalla kuulustelupöytäkirjoja, molemmat kandidaatit olivat naisia ja sukuakin toisilleen henkilötietojen perusteella. Irmeli Haajanen oli kohta neljäkymmentävuotias myymälä esimies ja toinen Kata Heiskanen oli Irmelin vanhemman siskon tytär, 23 vuotias korkeakouluopiskelija. Kyseessä oli valtakirjan haltijan nimen väärentäminen ja valtakirjan avulla tehty rahalähetyksen haltuunotto. Lähetys oli noudettu Myllykosken R-kioskista, joka toimi postiasiamiehenä. Nosto oli tehty sen viikon torstaina, jota seuraavana perjantaina Juvonen oli tavannut Pentikäisen ja Saloniuksen Old Tomissa, siis kaksi viikkoa sitten. Juvonen päätti ajella Myllykoskelle ja löysi pienen hakemisen jälkeen autolleen parkkipaikan Maija's Pubin edestä. R-kioskilla sattui olemaan sama henkilö tiskin takana kuin kaksi viikkoa aiemmin torstaina. Lyhyehkö vaaleahiuksinen, hieman tiukkailmeinen myyjätär muisti oikein hyvin esitetyn valtakirjan sekä lähetyksen vastaanottaneen naisen. Naisella oli ollut tummennetut silmälasit tai aurinkolasit ja jonkinlaisella huivin tapaisella peitetyt hiukset. Kooltaan nainen oli tavanomainen, keskimittainen, ei laiha eikä lihava. Nainen ei ollut puhunut myyjättären muistin mukaan mitään, joten hänen äänestään ei ollut "näytettä".

- Noin tarkkojen tietojen perusteella kävijä saattoi olla kumpi epäillyistä tahansa, mutisi Juvonen puoliääneen ajellessaan takaisin Kouvolaan.

Juvonen päätti kutsua Irmeli Haajasen ensin poliisilaitokselle. Hän etsi puhelinnumeron ja soitti.

- Kouvolan rikospoliisista komisario Juvonen päiviä, voisittekohan saapua mahdollisimman pian tänne laitokselle kuultavaksi?Niin... minun nimeni on Juvonen, kyllä sisääntulossa opastetaan...kuulemiin ja tervetuloa.

27.

Rikosylikonstaapeli Kosti Hämäläinen tiesi vallan hyvin, että kun epäilyt kohdistuivat virkaveljeen, tuli toimia erittäin varovaisesti kieli keskellä suuta. Niinpä hän ääneen tokaisi Juvosen nähtyään.

- Päätin jäädä vielä vähäksi aikaa tänne Kouvolaan, kun minusta tuntuu, että huumeen tuojaa Jyrkilän kämpälle kannattaa vielä etsiä näin pienestä paikasta. Jututan poikaa vielä kerran alkajaisiksi.

- Sehän on sinun duuniasi, siitä vaan, minä olen taas väärennösjutussa kiinni.

Hämäläinen tulosti kännykällään Juvosesta ottamansa kuvan. Kuva oli otettu suoraan edestä kahvitilaisuudessa, joka nautittiin Juvosen ylennyksen johdosta. Kuvia olivat ottaneet lähes kaikki paikalla olleet, joten Juvonen ei osannut epäillä mitään kuvansa suhteen.

Seuraavaksi Hämäläinen otti yhteyden Pentti Sotarinteeseen, Lassintien hallin omistajaan ja kysyi, missä he voisivat lyhyesti tavata.

- Olen täällä hallilla nyt, tervetuloa.

111

Hämäläinen ajoi poliisin siviiliautolla, jonka hän oli ottanut työpaikaltaan Vantaalta alleen tätä juttua varten, Korjalaan Lassinkadulle. Sotarinteen Volvo seisoi pihalla ja Hämäläinen pysäköi viereen. Hän käveli avoimesta ovesta hallin oikean puoleiseen päähän ja löysi Sotarinteen jotain tavaroita käsittelemästä.

- Terve mieheen, Hämäläinen kätteli Sotarinteen, minulla ei tällä erää oikeastaan ole isompaa asiaa kuin, että satutko tuntemaan tämän miehen? Hämäläinen näytti kasvokuvaksi leikkaamaansa Juvosen kuvaa.

- Joo tuohan on Kouvolan poliiseja, se kävi täällä jo viikko sitten keskiviikkona. Olikohan sen nimi joku Juvola tai sen tapainen. Se halusi tutkia tuon toisen pään hallista, sen poikien autojen tuunauspaikan. Ei se kauaa viipynyt, totesi, ettei yksin pysty tutkimaan koko hallia. Ei ole sen jälkeen mitään kuulunut.

- Kiitoksia oikein paljon! Sinusta oli todella paljon apua!

- Onko se Juvola tehny sitten jotain? Yritti Sotarinne tapansa mukaan udella.

- Tämä on sen luokan asia, että kuulet siitä varmasti, jos kaikki on niin kuin pelkään. Heti perään Hämäläinen katui sanojaan, nyt on parempi olla hys hys hiljaa.

Työpöydän ääressä Hämäläinen vaipui syviin aatoksiin. Mietteissään hän tuijotti Juvosen kuvaa ja kun hän muisteli Jyrkilän ja Paanasen antamaa kuvausta miehestä, Hämäläinen alkoi ajatuksissaan piirtää Juvoselle viiksiä ja silmälaseja. Näinhän useat henkilöt tekevät aikansa kuluksi aikakausilehtien julkkisten kuville.

- Onko laitoksella ketään retusointitaitoista, Hämäläinen soitti Juutilaiselle.
- Ei tämä mikään taide verstas ole, mitä sinulla on oikein mielessä?
- Eipä erikoista, olisin vain halunnut vähän muokkauttaa yhtä tuttua naamaa.
- Kenen? Jos sinulla on sellaista tarvetta niin uskoakseni yksi Kouvolan ammattikoulun kulttuuripuolen naisopettaja osaa työnsä puolestakin ainakin jotenkuten sellaista tehdä.
- Jätetään vielä se retusoitavan nimi. Mutta annapa sen opettajan nimi.
- Hän on Reija Hyvärinen ja Ammattiopiston toimistosta saat varmaan hänen työnumeronsa.

Hämäläinen oli kovasti tyytyväinen ja soitti välittömästi KSAO:oon.

- Reija, vastasi pehmeähkö ja matala naisääni.
- Olisiko mitään mahdollisuutta saada pientä palvelua koskien kasvojen muodonmuutosta lisäämällä kasvokuvaan viikset ja silmälasit ja vielä vaihtoehtona peruukin lisäys kuvaan. Voisin tulla kuvan kanssa sinne työpaikallesi käymään.
- Ainahan poliisia pitää yrittää auttaa, nainen naurahti, minulla on meneillään niin sanottua työnopetusta, joten kyllä tänne Utinkadulle voi tulla vaikka heti.

Hämäläinen saapui puoli tuntia myöhemmin

Utinkadulle ja opastutti itsensä kulttuuripuolelle. Reija Hyvärinen osoittautui melko pyyleväksi, ystävällisesti hymyileväksi henkilöksi. Hämäläinen pani merkille, että opiskelijat olivat varsin persoonallisesti pukeutuneita ja käyttäytyivät hyvin rennosti työskennellen siellä täällä pitkin isoa työsalia.

- Hämäläinen KRP:stä, tässähän tämä kuva, satutko tuntemaan?

- En tunne eikä ole tarviskaan, ehkä jopa parempi niin. Käyn suurentamassa tätä kuvaa ja otan siitä useamman kopion. Voidaan tehdä hieman eri näköisiä tyyppejä tästä perusnaamasta. Sopiiko, että tulet huomenna ennen kymmentä tähän samaan opettajan koppiin, niin katsotaan mitä olen saanut aikaiseksi? Siis vaaleat viikset, silmälasit ja mahdollisesti peruukki?

- Asia selvä, olen aamulla paikalla.

Seuraavaksi Hämäläinen huomasi taas unohtaneensa lounaan. Hän ajoi hotellinsa parkkiin ja meni hotellin ravintolaan. Listalta löytyi paistettua siikaa keitettyjen perunoiden kera sekä normaalit lisukkeet. Ruokaillessaan Hämäläinen suunnitteli seuraavaa siirtoa. Hänen kannatti pysytellä poissa poliisilaitokselta mahdollisimman paljon, että välttäisi keskustelut Juvosen kanssa. Myöskään Juutilaiseen hän ei aivan varauksettomasti luottanut, olihan Juutilainen Juvosen pitkäaikainen esimies ja he tunsivat toisensa hyvin. Sen sijaan hän otti puhelun omalle esimiehelleen Vantaalle ja antoi pikaisen raportin viipymisensä syistä. Hän uskalsi jopa enteillä, että edessä saattaisi olla jymyratkaisu!

28.

Juvonen odotteli Irmeli Haajasta saapuvaksi omassa työpisteessään. Kello oli noin kolme iltapäivällä, kun Juvosen oveen koputettiin. Sisään pyynnön jälkeen ovesta astui hyvin näyttävän näköinen, vaaleatukkainen nainen, vartalossa ja ulkonäössä yleensäkään ei ollut moitteen sijaa. Nainen hymyili avoimesti kätellessään ja esittäytyessään Irmeli Haajaseksi.

- Irmeli Haajanen.
- Esko Juvonen. Istukaa olkaa hyvä. Juvonen osoitti tuolia työpöytänsä toisella puolella.

Juvoselle tuli heti jotenkin sellainen tunne, että tämä nainen ei ole rikolliseen tekoon syyllistynyt. Sehän oli vain tunne, mutta kuitenkin.

- Meidän pitäisi käydä läpi tämä asia näin alustavasti, jotta saan muodostettua kuvan tapahtumista. Aikaa tähän saattaa mennä jopa tunnin verran, joten käykö tällainen?
- Kyllä se minulle passaa, olen ottanut tämän iltapäivän lopun vapaaksi töistä, niin että aikaa on.

- Hyvä, no mennään asiaan. Tässähän on kyse tädillenne osoitetusta rahalähetyksestä. Tällaiset rahalähetyksethän on nykyään perin harvinaisia, mutta lähettäjäkin taitaa olla ikäihmisiä.

- Niin, lähettäjähän on tätini Hilda Muukkosen sisar Gertrud. Hän elelee vielä Saksassa varsin hyvävoimaisena minun tietääkseni. Sitä en tiedä miksi hän lähettää selvää rahaa postitse postiennakolla, sehän on riskaabelia sellainen. Tilisiirrot olisi tätä päivää. Eihän tätini Hilda mitenkään huonovointinen ole, ainoastaan liikkuminen rollaattorilla on pikkuisen hankalaa. Tädilleni oli tullut tiedote saapuneesta lähetyksestä ja kääntöpuolella oli valtakirja. Minulla ei ollut mahdollisuutta lähteä Myllykoskelle asti lähetystä vastaanottamaan, joten pyysin sisarentytärtäni Kata Heiskasta hän olisi joutilaampi tähän. Kata kävi hakemassa tiedotteen minulta.

- Anteeksi pieni keskeytys, mutta kuinka tiedote joutui teille?

- Minut on nimetty tätini edunsaajaksi ja asioiden hoitajaksi äitini kuoleman jälkeen. Tätini asuu palvelutalossa Viialantiellä Myllykoskella hyvin lähellä R-kioskia, joka toimii asiamiespostina siellä.

- Okei, tämä on selvä ja selittää hyvin, miksi tätinne arvoposti on käännetty teille.

- Korostan kuitenkin, että minä en alekirjoittanut valtakirjaa, enkä väärentänyt tätini nimeä, enkä myöskään käynyt noutamassa lähetystä.

- Juu sillä tavoin minäkin ajattelen. Ei tässä nyt ole oikein vaihtoehtoja enää. Oletko jutellut asiasta Katan kanssa?

- Olen. Hänkin kieltää käyneensä Myllykoskella, eikä hän sitä paitsi löydä edes tiedotettakaan mistään eli koko valtakirja on hukassa.

- Ei ole. Sillä vastaanotettiin lähetys viikko sitten torstaina. Siinä on tätinne nimi väärennettynä ja valtuutetuksi on nimetty Erja Puustinen ja sen niminen henkilö lähetyksen nosti. Gertrud Saksasta oli nimittäin soittanut siskolleen Hildalle, että onko hän saanut lähetyksen. Tätä kautta juttu tuli ilmi. Hilda ei tosiaankaan ole dementikko vaan järjellisesti hyvin pirteä. Tämän esityön selvitti rikoskonstaapeli Varis, hän oli käynyt tapaamassakin Hildaa. Valtakirja on grafologin tutkittavana ja siihen on haettu käsialanäytteet Katalta ja teiltä. Jos muistat, Varis pistäytyi työpaikallanne ja pyysi kirjoittamaan nimenne ja osoitteenne.

- Selvisihän nyt sekin, Irmeli Haajanen totesi hivenen happamasti, ihmettelin silloin miksi piti nimenomaan itse kirjoittaa hänen nähden. Tämä Varis ei kertonut tarkempaa syytä, miksi nimi piti kirjoittaa.

- Hyvä, tämän alustavan puhuttelun jälkeen näyttää siltä, että Katan luona on käynyt joku kylässä ja hoksannut valtakirjan. Tämä "Erja Puustinen" on nyt vain löydettävä. Minun puolestani voidaan tällä erää päättää tähän, jos teillä ei ole mitään muuta asiaan liittyvää.

- No ei ole minullakaan mitään lisättävää, Irmeli Haajanen nousi ja kätteli Juvosen erojaisiksi sekä poistui huoneesta.

Juvonen jäi miettimään millä konstilla löytäisi

"Puustisen". Melko pian hän kuitenkin sulki tapauksen mielestään veti päällystakin päälleen ja hatun päähänsä sekä poistui työpaikaltaan. Kotonaan hän kiirehti läppärilleen ja avasi sähköpostin. Siellä oli mieluisaa luettavaa. Postissa oli ensinnäkin ostotarjous hänen nykyisestä asunnostaan, joku eläköitynyt Vekaran kapitulantti olisi valmis maksamaan aivan pyydetyn hinnan. Välittäjä oli tehnyt työnsä hyvin ja nopeasti. Pitäisi vain sopia näytöstä. Se sopisi Juvoselle koska vaan vaikka huomenna. Toinenkin välittäjä oli pannut tuulemaan. Torremolinoksesta, eteläisestä Espanjasta, oli löytynyt edullinen apartomento, ei aivan rannalta, mutta hyvältä etäisyydeltä. Asunto oli sopivan kokoinen ja tekniikaltaan nykyaikainen ja hintakin oli ilmeisen kohtuullinen. Juvonen teki varauksen Maarit Pesosen nimellä ja maksoi käsirahan.

29.

Aamulla Hämäläinen meni KSAO:n kulttuuripuolelle uudelleen ja tapasi Reija Hyvärisen. Reija esitteli työnsä tuloksia. Hämäläinen hämmästyi aidosti, kuinka elävän näköisiä "Juvosia" oli saatua aikaan. Varsinkin vaaleaan peruukkiin piirretty versio oli todella hyvä. Hämäläinen kysyi hintaa työlle poliisillahan oli pieni menobudjetti tämän kaltaisiin menoihin.

- Eihän noissa nyt kauaa mennyt, jos haluat jotain maksaa niin anna viisi kymppiä, kuittia et saa.

- Kyllä poliisikin osaa tehdä pimeitä kauppoja tällaisissa tapauksissa. Hämäläinen kaivoi lompakostaan viisikymppisen.

Reija antoi vielä kirjekuoren, johon Hämäläinen sujautti kuvat ja lähti. Työpisteessään Hämäläinen valokuvasi Reijan tekemät kuvat ja lähetti ne älypuhelimellaan Vantaalle. Perään hän vielä soitti ja pyysi, että kuvia käytäisiin näyttämässä Paanaselle ja hänen kuljettajalle. Seuraavaksi hän ajeli POKS:n mäelle ja meni kirurgiselle osastolle tapaamaan Hesan kundia. Potilas katseli erittäin epäluuloisesti Hämäläistä, varsinkin, kun hän kertoi olevansa KRP:stä.

- Minulla on hyvin lyhyt asia, tuntuuko kuvan esittämä henkilö tutulta? Hämäläinen otti povestaan postikorttikoossa olevan kuvan naamioidusta Juvosesta.

Hesan mies ainoastaan vilkaisi kuvaa ja nyökytti innokkaasti.

- Oliko tämä mies sen jättiläisen kanssa tapaamisessanne? Jälleen innokas nyökkäys.

- Eli tämä mies oli tavaran myyjänä? Nyökkäys.

- Kiitokset, palataan asialle vielä kun pystytte puhumaan. Morjens! Hämäläinen poistui aika voimakkaiden tunteiden vallassa, hän oli tekemässä todella merkittävää tekoa.

Jälleen työpaikallaan Hämäläinen muisti soittaa Niuvanniemeen ja kysyä sopivaa älypuhelinnumeroa, johon voisi lähettää kuvan multimediaviestinä. Lisäksi hän pyysi, että kuva esitettäisiin potilaalle nimeltä Timo Jyrkinen. Puhelinnumeron hän sai heti ja lähetti kuvan saman tien jääden odottamaan Jyrkisen vastausta. Vielä oli yksi henkilö, Timo Jyrkilä, jolle kuva piti esittää. Hämäläinen ei ollut täysin varma, oliko poika poliisin säilössä vai jossain hoidossa. Asia selvisi helposti soittamalla. Poika löytyisi samasta talosta, poliisivankilasta.

- Näyttääkö tämä mies yhtään tutulta?

- Jaa... no enpäs tiedä. Olin silloin sen verran mömmöissä, että hyvä kun tolpillani pysyin, mutta saattaisi hyvinkin olla se Markon tuuraaja. Muistan nyt, että sillä tavalla hän itsensä esitteli. Hän olisi Markon paikalla niin kauan kuin Marko on kiinni. Mites muuten tämä mun tapaus? Kauanko ne pitää täällä? Täällä on niin vitun huonot muonat!

- Tuohon sinun täällä oloon en osaa sanoa mitään, mutta kiitokset kuitenkin tunnistuksesta.

Myöhäisen lounaan hän kävi nauttimassa taas hotellinsa ravintolassa, mietittävää todellakin riitti Hämäläinen ajatteli. Jos kaikki tunnistukset natsaisivat, olisi varmaan seuraava vaihe selvittää mistä naamiointi välineet oli hankittu ja missä ne mahtoivat nyt olla. Suurena asiana taustalla oli 18 kg:n kysymys! Siihen vastaus saataisiin varmuudella vasta siinä vaiheessa kun Juvonen olisi pidätettynä ja häntä pääsisi kuulustelemaan. Yksi nopeampi vaihtoehto olisi kotietsintä, siinä olisi kaksi muttaa. Juvonen huomaisi olevansa vahvasti epäilty ja toinen mutta siinä, että suostuisiko Juutilainen päättämään oman komisarionsa kotietsinnästä. Aiheettomana se olisi melkoinen riippa Juutilaiselle. Hämäläinen ehti juuri työpisteelleen poliisitalolle, kun Niuvanniemestä tuli puhelu.

- Erkki Ahomäki täällä päässä päiviä! Olen Timo Jyrkisen hoitaja ja minulle annettiin jokin aika sitten kuva Timolle esitettäväksi.

- Nii...in Tunsiko Timo kuvan henkilön? Hämäläisen ääni oli malttamaton.

- Kyllä tunsi. Kuva esitti hänelle Arvi-setää, siis minun setääni Iisalmesta, mutta ei se kyllä oikeaa Arvi

Ahomäkeä esitä, ei sinne päinkään. Kuvassa oleva henkilö on esiintynyt Arvina Timolle.
- Suuret kiitokset vaivannäöstä, kertokaa terveisiä Timolle. Toivottavasti hänet voidaan laskea joskus vielä uudelleen koekotiutukseen vai mikä se termi nyt oli.
- Eipä kestä kiittämistä. Kuvan esittäminen piristi Timoa kummasti ja hän halusi kuvan itselleen. Nyt se on hänen huoneessaan jo näkyvällä paikalla.
Hämäläinen tunsi innostuksensa vain kiihtyvän. Ei jumaliste, voisiko noin pitkän poliisiuran tehnyt mies syyllistyä moiseen, isoon rikokseen! Hän kävi miettimään vaihtoehtoja naamiointitarvikkeiden hankintapaikoista Kouvolassa. Hämäläinen uskoi vahvasti, että kyllä tarvikkeet oli Kouvolasta hankittu. Hänelle pälähti päähän retuseeraaja Reija Hyvärinen, olisiko Reijalla ajatusta asiaan.
- No Hämäläisen Kosti täältä poliisista vielä uudelleen. Se sinun kuvan käsittely onnistui loistavasti. Kuvan esittämän näköinen henkilö on mahdollisesti syyllistynyt vakavaan rikokseen. Uskallan kysyä sellaista, että mistä tuollaiset naamiointivälineet pystyy täältä Kouvolasta hankkimaan?
- Minulle ei tule kyllä muuta mieleen kuin Teatteri. Jos sillä tyypillä on ollut hyvät suhteet johonkin puvustajaan tai vaikka lavastajaankin, olisi kai mahdollista lainata tuollaiset hepenet. Soita Kouvolan teatteriin ja kysy puvustaja Himasta, kerro minulta terveisiä ennen kuin kysyt tavaroista.
Hämäläinen etsi Kouvolan teatterin numeron ja tiedusteli puvustaja Himasta.

- Hän on kyllä meillä töissä, mutta tulee vasta 16 jäl-
keen iltaa varten töihin. Kotoaan hänet saattaa ta-
voittaa. Onko teillä hänen kännykkänumero?

- Eipä ole, mutta ei kai se salainenkaan ole, joten
eiköhän se Fonectasta löydy. Kiitoksia.

- Minä voin helpottaa herra poliisin työtä. Numero
on 0457777533.

Soitto annettuun numeroon toimi nopeasti.

- Seija Himanen.

- Sain numerosi KSAO:n Reija Hyväriseltä. Ongel-
mana on, mistä voisi Kouvolasta hankkia peruukin,
viikset ja silmälasit naamioitumis tarkoitukseen?
Reija arveli, että ehkä teiltä voisi lainata?

- Vai lupaili Reija sellaista. Mitkäs hilupittuut
poliisilla on oikein mielessä?

- Tässä on kyse rikollisen jäljittämisestä, jolla on ol-
lut mainitut emmeet päällään, ei mistään muusta.

- Mainittuja tavaroita säilytetään puvustuksen
varastossa, jonne myös lavastajilla on pääsy. Kun
menen illalla töihin, voin kysellä kollegoilta ja joil-
takin lavastajiltakin. Tähänkö numeroon voi tieton-
sa kertoa, jos jotain ilmenee? Soittelen huomenna
puolelta päivin kun herään.

Hämäläinen katsoi ansainneensa hieman vapaata
loppupäiväksi. Hän käväisi Juutilaiselle informoi-
massa, että kannatti todellakin jäädä Kouvolaan.
Asiat etenee huomenna erityisesti.

30.

Juvonen soitti Maaritille Hämeenlinnaan, että uusi koti odotti Torressa, niin kuin oli suunniteltu. Ei ensi, mutta seuraavana viikonloppuna lennettäisiin Malagaan, liput lennolle oli jo varattu. Mukaan otettavat tavarat tulisivat lentorahtina perässä seuraavalla viikolla. Lopuksi he sopivat vielä tapaamisesta seuraavana viikonloppuna, viimeisenä Suomessa. Koko illan Juvonen istui kotonaan ja mietti ankarasti ja kriittisesti suunnitelmaansa, voisiko vielä jokin mennä pieleen? Mietintää helpotti sopivalla äänenvoimakkuudella soiva Wagner ja vedellä sekä jäillä jatkettu viskigrogi. KRP:n Hämäläinen oli alkanut selvästi vältellä koko poliisitaloa, Kouvolassa hän kuulemma kuitenkin oli ja asui Cumuluksessa. Mitähän sekin puuhaili? Myöskin Juutilainen käyttäytyi jotenkin varauksellisesti, vaikkakin ystävällisesti. Vai näkikö hän itse mörköjä joka paikassa! Nyt ei kannata tehdä yhtään isoa liikettä, jatkaa vain naisten kuulustelua ja selvitellä väärennöstä kaikessa rauhassa. Hänen ymmärtääkseen Hämäläisen huume-etsintä ei ollut johtanut toistaiseksi mihinkään. Ei muuta kuin nukkumaan ja aamulla virkeänä poikana kuulustelemaan opiskelija Kata Heiskasta, jonka pitäisi saapua laitokselle kello yhdeksältä.

Aamulla Juvosen työhuoneen oveen koputettiin jo viisi minuuttia ennen yhdeksää.

- Päivää, oletteko te komisario Juvonen, minä olen Kata Heiskanen.
- Jaahas sitä ollaankin ajoissa, hyvä. Kyllä minä olen Esko Juvonen, käykääpä istumaan.

Nuori nainen oli pukeutunut varsin arkisesti farkkuihin ja farkkukankaasta tehtyyn puseroon. Hänellä oli lyhyet kastanjanruskeat hiukset ja kooltaan hän oli ehkä keskimittaa lyhyempi. Vartalo oli hoikka. Juvonen pani merkille hieman hermostuneen oloiset ilmeet, naisen silmät vaelsivat jatkuvasti Juvosen taustassa yrittäen kai hakea jonkinlaista kiinnepistettä, samoin hän lipaisi kielen kärjellään huuliaan useasti.

- Mikäpä huolestuttaa, näytätte hieman levottomalta. En minä syö, ei täällä tarvitse jännittää.

Juvonen yritti rauhoittaa naista.

- En ole eläessäni ollut missään tekemisessä poliisin kanssa, se kai tässä hermostuttaa.
- Kerta se on ensimmäinenkin. Niin kuin sanoin, ei täällä tarvitse pelätä. Ei teitä syytetä ainakaan vielä mistään. Kertokaapa nyt oma näkemyksenne tästä valtakirjajupakasta.
- Niin, tätini Irmeli Haajanen toi sen minulle silloin

125

toissa torstaina ja pyysi käymään Myllykoskella Palvelutalossa hakemassa Irmelin tädiltä nimi valtakirjaan, sekä noutamassa sitten lähetys R-kioskilta. Heti kun tätini oi lähtenyt tuli minun opiskelukaveri Heidi Makkonen luokseni ja siinä hötäkässä se valtakirjakin unohtui ja hukkui. Asia tuli Heidin lähdettyä mieleeni, mutta kun en löytänyt koko valtakirjaa, unohdin asian.

- Ei tullut mieleen, että valtakirja taisi lähteä Heidin mukaan?

- Ei todellakaan, miksi hän olisi sen ottanut?

- Jos panitte merkille, on tiedonantopuolella rasti sisällöstä. Tässä tapauksessa rasti oli rahalähetyksen kohdalla! Ei tarvitse ihmetellä, miksi se kelpasi Heidille. Onko tuttavapiirissänne Erja Puustinen nimistä henkilöä?

- En ole kuullutkaan tuommoista nimeä ennen kuin nyt.

- Olisikohan sinulla mahdollisesti tämän Heidin puhelin numeroa.

Kata selasi puhelimestaan yhteystiedoista Heidin puhelinnumeron ja saneli sen Juvoselle.

- Tällä erää meillä ei ole muuta puhuttavaa, jos ei sinulla ole, Juvonen huomasi sinuttelevansa nuorta naista.

Kata nousi reippaasti ja ojensi kätensä ja poistui huoneesta edelleen hyvin reippaasti. Ihan kuin olisi karkuun lähtenyt ajatteli Juvonen huvittuneena mielessään. Juttuhan alkoi vaikuttaa selvältä, miksei Varis ollut selvittänyt näin helppoa tapausta. Juvonen soitti Heidi Makkoselle ja pyysi tätä saapumaan, jos mahdollista niin saman tien poliisilaitokselle, kuitenkin mahdollisimman pian.

Juvonen ehti hieman toipua poliisilaitoksen lounaasta, joka oli ollut herkullinen annos paistettua kalaa ja perunamuhennosta, kun jo toinen nuori nainen oli Juvosen huoneen ovensuussa. Tämä näyttääkin erilaiselta tapaukselta, ehti Juvonen ajatella, kun nainen purjehti käsi ojossa Juvosen luokse. Voimakas hajuveden tuoksu täytti pienehkön työhuoneen nopeasti. Nainen oli voimakkaasti meikattu ja katseli Juvosta varsin imelin ilmein.

- Hei mä oon Heidi, pyysit tuleen ja täs mä jo oon.
- No niinpä näyt olevan, hyvä kun tulit nopeasti, käy istumaan. Juvonen ei voinut olla panematta merkille melkoisen lyhyen hameen nousua ylöspäin naisen istuutuessa, eikä myöskään varsin avoimen puseron kaula-aukosta tarjoutuvaa näkymää naisen kumartuessa istuutuessaan.
- Oletkos alkujaan Kouvolalaisia? Juvonen sinutteli rennosti.
- En oo, tulin vaan opiskeleen tänne Hesasta.
- No sen kyllä huomaa puheesta, ei millään pahalla, mutta eroaa täkäläisestä kielenkäytöstä selvästi.
- Miks mun piti tänne tulla?
- Olet käynyt toissa torstaina kyläilemässä Kata Heiskasen luona?
- Niin kävin. Eiks ois saanu, mitä sitte?
- Ei sattunu tarttumaan mukaan erästä paperia sieltä lähtiessä?
- Mitä sä vihjailet? Heidi nousi ylös ja tuli nojaamaan

127

pöytään aivan Juvosen eteen, posket olivat hieman punehtuneet ja hengitys tihentynyt.

Juvosen tuolissa oli onneksi pyörät alla, joten hän hieman perääntyi ja sanoi.

- Minulla on syytä epäillä, että olet ottanut Katan asunnosta valtakirjan ja käynyt Myllykosken R-kioskilla nostamassa rahalähetyksen Erja Puustis-ena.

Juvonen ei ehtinyt väistää, kun nainen oli yhtä äkkiä istumassa Juvosen polvella toinen käsi tukevasti niskan takana ja nenä miltei kiinni naisen kookkais-sa rinnoissa. Nainen kumartui hieman ja yritti suudella Juvosta.

- Kuulepas setä poliisi! Eiköhä me päästä diiliin, et mä annan osan rahoista ja vähän muutakin, mä voin tulla illalla luokses käymää, miss sä punkkaat?

Juvoselta meinasi seota konseptit kerta kaikkiaan. Tämä mimmihän on täysi tekijä!

Juvonen mietti hetken tehtyä tarjousta, myös Maarit välähti mielessä.

- Kuule minulla on asiat siinä mallissa, että ei nyt käy! Vielä kolme viikkoa sitten olisi hyvinkin käynyt. Mennään vaan rutiinin kautta, tehdään saman tien kuulustelupöytäkirja ja sinä palautat ra-hat tai mitä niistä on jäljellä.

Heidi hieraisi vielä rinnallaan Juvosta ja yritti istua tukevammin syliin.

- Mietis ny papparaine! Kui usei sulla mahollista saada näin nuorta pillua, häh?

- Myönnetään, että ei ole tarjottu ihan äsken sinun ikäistä, mutta ei se nyt muuta asiaa.

- Vittu teijän moraalin kanssa! Mä oisin tarvinnu ne manit! Ihan oikeesti, ei opiskelijalla oo koskaan liikaa hintsuu! Kuule jätetää ne pöytikset, mä tuon huomenna rahat, ei niistä käytetty ku pari satkuu ja asia on sillä klaari! Jos mä saan tuomion, niin eka duunipaikan kanssa voi olla tosi nihkeetä. Sähä voit tehä jonku raportin, et rahat löyty vaikka sieltä Katan boksista. Tai voinhan mä tuoda ne sulle illallakin sun kämpille?

- Tuo ne rahat Savonkatu 44 Juvonen kello 21 tänä iltana. Sovittu? Juvonen antoi haluilleen periksi, tyttöhän oli puhunut mitä verisintä totta. Heidi oli 23 vuotias ja hän melkein tasan tuplasti!

- Jess! Tiesinhä mä! Et sä oo ihan tyhmä, vaikka ootki poliisi! Yheksältä sitte!

Juvonen nojautui tuolissaan taaksepäin ja risti sormensa niskan taakse ja jäi miettimään mitä tuli luvattua.

31.

Hämäläinen oli istunut eilisillan Old Tomissa törisemässä paikallisten kanssa pääasiassa urheilusta. Helsinkiläisenä hän oli HIFK:n kannattaja jääkiekossa ja paikalliset tietysti Kookoon. Sanailut olivat pysyneet suhteellisen asiallisina, ilmeisesti kiihkeimmät Kookoo-fanit olivat jossain muualla. Olutta oli kulunut kiitettävästi, jokunen viski-shotti kyytipoikana. Aamulla olo oli sen mukainen. Hämäläinen pistäytyi hotellin saunassa, se teki hyvää krapulaiselle miehelle. Aamupalalla nautittu tukeva annos munakasta ja nakkeja, lasitolkulla tuoremehua ja lopuksi kahvit pani Hämäläisen hieman röyhtäilemään, hän meni huoneeseensa pitkälleen vähäksi aikaa ja alkoi suunnitella päivän toimia, kellokin oli jo puoli yhdeksän. Puhelimen sointi hieman säikäytti näin aamutuimaan.

- Vantaalta Esa terve! Missäs on yö vietetty? Saitko?

Soittaja oli Ryhäsen Esa KRP:n huumepuolelta.

- Täällä olis sinulle ehkä hyviä uutisia! Kävimme eilen näyttämässä Jokelassa Paanaselle lähettämiäsi kuvia ja hän tunnisti varmuudella kuvan esittämän henkilön huumeen myyjäksi, "ei voi erehtyä, saatana, sama mies" oli kommentti. Samoin kuljettaja sanoi, että varmasti sama mies.

- Isot kiitokset tiedosta, käydään oluella kunhan minä pääsen täältä landelta sinne.

Hämäläinen piristyi valtavasti. Hän tunsi oikein, kuinka energiaa tuntui pursuavan kaikista paikoista. Nyt pitää alkaa toimenpiteisiin, kunpa vain löytyisi vielä ne naamiovehkeet ja mieluiten Juvosen hallusta. Nyt ei oikein auttanut enää muu, kuin mennä Juutilaisen juttusille ja hakea etsintälupaa Juvosen autoon ja kotiin, vai olisiko vieläkin viisaampaa ajella Vantaalle ja   pyytää omalta esimieheltä etsintäluvat, oli todellakin syytä epäillä! Hämäläinen päätti soittaa esimiehelleen.

- Hämäläinen täältä Kouvolasta huomenta päivää. En tiedä kuinka hyvin olet ajan tasalla näistä minun touhuistani täällä, mutta näyttää isosti siltä, että lume-erän huumeita Paanaselle toimittanut mies on löytynyt. Sama mies on toimittanut, ilmeisesti hämäysmielessä, toisenkin samanlaisen erän erääseen asuntoon täällä Kouvolassa, siitähän oli lehtijuttukin. Nyt on tilanne sellainen,että pitäisi saada etsintälupa asianomaisen henkilön autoon ja asuntoon. Tuleeko lupa sinulta vai onko se pyydettävä täältä komisario Juutilaiselta.

- Johan olet pitkälle selvittänyt asiaa! Kuka se kohdehenkilö on?

- Usko tai älä, hän on paikallinen sankaripoliisi, juuri komisarioksi ylennetty Esko Juvonen!

- Älä helkkarissa! Saattaapi olla kinkkisempi tapaus, minun on juteltava tästä ensin ylöspäin. Odottele rauhassa soittelen parin tunnin sisällä mitä tehdään. Hämäläinen rauhoittui esimiehensä sanoista ja jatkoi fundeeraamistaan kun puhelin soi uudelleen. Hämäläinen ihmetteli, kuka nyt soittaa.

- Huomenta Seija Himanen täältä Teatterilta. Päätin soittaa sinnepäin jo nyt kun selvisi, että sellainen henkilö kuin Esko Juvonen Kouvolan poliisista on lainannut peruukin, viikset ja silmälasit kuulemma jotain jäljitystehtävää varten. Hän ei ole ainakaan vielä niitä palauttanut.

- Kiitokset Seija, antamasi tieto on ratkaiseva. Tulet vielä kuulemaan tästä.

Hämäläinen ajeli poliisitalolle odottelemaan soittoa Vantaalta.

32.

Juvonen vietti lopun työpäivästään kirjoittelemalla raporttia väärennysjupakan edistymisestä ja sen mahdollisesta ratkaisusta lähiaikoina. Välillä hän pysähtyi ajattelemaan Maaritia ja heidän yhteistä tulevaisuuttaan. Mieltä jäyti myös päättämättömyys huume-erän suhteen. Hän oli onnistunut huijaamalla saamaan rahaa itselleen loppuiäksi, jos pysyisi kohtuudessa. Sivutuotteena oli syntynyt yhteys ihmiseen, jonka kanssa oli aikomus viettää yhdessä loppuelämä. Ei hullumpi tulos menneelle kolmelle viikolle. Teoriassa olisi mahdollista yrittää uudelleen myydä isoa huume-erää, mutta se oli vain teoriaa. Asianomaisissa piireissäkin osattiin lukea lehtiä ja kun tiedossa oli kuinka niinkin isolle tekijälle kuin Paananen oli käynyt, ei ihan heti uusia isoja rahoittajia löytyisi. Siis oli järkevää kätkeä viisaasti jäljellä oleva erä ja käydä siitä sitten kauppaa Espanjasta käsin. Mutta mikä olisi kätköpaikka? Juvonen lähti vähän etuajassa työpaikaltaan ja ajoi Veturin Alkoon varustautumaan iltaa varten. Koton-

133

aan Juvonen avasi läppärinsä ja sähköpostissa oli viesti välittäjältä, että kapitulantti olisi halukas katsastamaan asunnon jo huomenna, tarkkaa ajankohtaa ei oltu sovittu, mutta kapteenin aikataulu oli sovitettavissa kello 10 ja 14 väliselle ajalle. Juvonen vastasi viestiin, että hänelle sopii hyvin mihin aikaan tahansa, hän on koko päivän kello 16 asti työpaikallaan poliisitalossa. Sitten hän viestitti Maaritille, että kohta menee koti alta. Sitten Juvoselle pälkähti päähän, että tämä Heidi saattaa olla vaikka minkä sortin tekijä, mieleen tuli jutut tyrmäystippojen kanssa tehdyistä ryöstöistä. Juvosella välähti, nyt hän tiesi minne kätkee huumelaukun niin, että se on varmassa tallessa. Hän hyppäsi autoonsa ja ajoi Eskolanmäkeen. Rouva Rosendahl oli kovasti hämmästyneen näköinen tunnistaessaan ovenraosta Markon bisneskumppanin. Hän avasi oven.

- Käykää toki sisään, on vaihteeksi mukava jutella muidenkin kuin poliisien kanssa. Niitä on riittänyt.

- Joo, kiitosta vaan. Terkkuja vaan Markolta. Sain häneltä tällaisen tehtävän, että tämä laukku pitäisi saada turvaan ulkopuolisilta silmiltä muutamaksi päiväksi, korkeintaan viikoksi. Sinivuokot ovat nyt minun kimpussani, ovat tietoisia minun Hämeenlinnan vierailuista, ja pelkään, että tekevät ratsian minun kämppääni. Tämä on Markon laukku ja avain on vain hänellä, en tiedä mitä siellä on, eikä juuri kiinnostakaan. Marko sanoi, että voisin tuoda laukun turvaan tänne.

- En kyllä haluaisi mitenkään osallistua näihin

134

Markon hämärän hommiin, mutta kai minä nyt voin muutaman päivän piilottaa laukkua. Miksei Marko ole maininnut puhelimessa tällaisesta laukusta?

- Virallisesti tätä laukkua ei ole edes olemassa! Marko pelkää ihan aiheellisesti puhelinkuuntelua, huumepuolen poliisithan voivat sitä tehdä.

- Jaa, no viedään laukku tuonne varastohäkkiin kellariin. Siellä on muutakin rojua niin paljon että se on helppo piilottaa sinne.

He menivät hissillä yhdessä kellarikerrokseen. Rouva avasi häkin oven ja näytti, mihin nurkkaan vetolaukun voisi kätkeä. Juvonen teki työtä käskettyä.

Kellon lähetessä yhdeksää ovipuhelin hälytti. Juvosen painaessa nappia kaiuttimesta kuului.

- Heippa Esko! Mä täällä, Heidi!

Juvonen painoi oven avauspainiketta ja sähkölukko avautui alaovella. Kohta askeleet kopisivat rapuissa läheten Juvosen ovea. Juvonen avasi asuntonsa oven ja Heidi pyyhälsi sisään. Hädin tuskin Juvonen ehti sulkea oven Heidin takana, kun nainen riippui jo hänen kaulassaan suudellen intohimoisesti ja pitkään.

- Tervetuloa vaan, sai Juvonen kähistyksi hieman hengästyneenä sisääntulosta, käy peremmälle. Otatko viiniä tai jotain vahvempaa?

Heidi heivasi puseronsa naulakon suuntaan ja Juvoselle paljastui tiukan, avokaulaisen puseron sisältävän kookkaat rinnat. Hame oli sama kuin aamupäivälläkin, tosi lyhyt ja tiukka farkkukangasmekko. Jalassaan Heidillä näytti olevan mustat, kukkakuvioidut sukkahousut, jotka korostivat täyteläisiä reisiä erinomaisesti.

- Kuule mulle käy mikä vaan! Kaada vaikka viskiä, jos itsekin juot sitä. Heidi oli istumassa jo sohvalla ympärilleen pälyillen.

Juvonen kävi tekemässä kaksi tukevaa grogia ja asettui istumaan sohvatuoliin Heidiä vastapäätä.

- Eikös sitä sanota, että skool tai kippis? Esko yritti esittää rempseää isäntää.

He ottivat laseistaan reippaat ryypyt, sitten Heidi avasi käsilaukkunsa ja ojensi sieltä kirjekuoren.

- 4800 euroa, ole hyvä. Kaksi sataa olen ehtinyt polttaa johonkin, mutta eihän se paljoa ole tästä rahasta.

Juvonen vei rahakuoren keittiöön pujottaen sen maustehyllykön ovitaskuun, muiden papereiden taakse. Ihan heti sitä ei sieltä löytäisi kukaan. Hän palasi olohuoneeseen ja istuutui rohkeasti Heidin viereen.

- Onhan se törkeän siistii, vai miten ne nuoret nykyisin sanoo, kun joku asia oikein miellyttää. Tarkoitan vaan että tunnut olevan sanojesi mittainen nainen! Ihan joka mimmi ei olisi näin paljoa takaisin tuonut tai tuonut yleensä ollenkaan!

- Mulla on kuule Eskokseni tapana pitää mitä lupaan! Heidi kääntyi Eskoon päin ja aloitti taas kiihkeän suutelemisen.

Heidi käsi alkoi liikkua pitkin Juvosen rinnusta vatsan yli miehustaan. Tarttuihan tauti Eskoonkin. Hän alkoi vedellä vaatteita yltään sen kun pystyi ja myös Heidiltä hän veti puseron pään yli. Esko heittäytyi selälleen ja Heidi sipaisi pikkaritkin pois ja tuli Eskon päälle. Alkoi todella kiihkeä yhdyntä Eskon kouriessa Heidin runsaita rintoja.

Esko teki taas työtä parhaansa mukaan. Kyllä tuntui nuori nainen kiihottavalta, totisesti!

Loppuhuipennuksen jälkeen he makasivat hetken toisiinsa kietoutuneina päiväpeiton päällä.

- Ei kyllä mun täytyy käydä vähän pesasemassa itteäni, missä sun kylppäri on?

- Tuo ovi tulla, Esko osoitti makuuhuoneen avoimesta ovesta näkyvää hieman kapeampaa ovea, voit käyttää siellä olevaa puhdasta pyyhettä, varasin sen itse asiassa sinulle.

- Olitpas varma itsestäs! Heidi naurahti ja livahti vaatteitaan keräillen kylpyhuoneeseen.

Esko veteli vaatteita päälleen ajatellen menevänsä suihkuun myöhemmin. Heidi tuli pirteänä ja ehkä hieman punakampana kylpyhuoneesta, joi groginsa loppuun ja sanoi.

- Toivottavasti olet nyt tyytyväinen ja jätät minut pois jutusta.

- Näinhän me sovittiin, olit kerta kaikkiaan pätevä pakkaus näissä hommissa.

Heidi nappasi puseronsa ja laukkunsa sekä antoi vielä kuuman jäähyväissuudelman ja poistui.

Juvosen sydän hakkasi vielä pitkään ylikierroksilla Heidin lähdön jälkeen. Olipa siinä todella mehukas nuori nainen, täytti lupauksensa niin viimeistä piirtoa myöten kuin mahdollista. Tällaista Juvonen arvosti yli kaiken. Eipä silti, kyllä Maaritkin varmasti

137

piti sen minkä lupasi. Nyt oli asiat hyvällä mallilla. Huomenna perjantaina olisi asunnon näyttö ja mahdollisesti kaupat tehtäisiin jo maanantaina tai tiistaina. Olkoon tänään viety laukku tallessa siihen asti, kun hän alkaa pakata Espanjaan muuttoa varten. Tavaraa hänellä ei paljoa ollut. Huonekaluista pitää kysyä välittäjältä, mikä olisi fiksuin menettely. Auto on sen verran uusi, että Delta-autokin ostaa sen riittävällä hinnalla.

33.

Perjantaiaamuna Hämäläisen puhelin soi jo puoli yhdeksän aikaa hänen lopetellessaan aamupalaa.

- Apulaispoliisipäällikkö Eskelinen huomenta. Se tapaus siellä Kouvolassa. Olen soittanut jo komisario Juutilaiselle, että epäilty Juvoselle ei kerrota tehtävästä kotietsinnästä mitään etukäteen, se on tehtävä nyt heti aamupäivän aikana. Saat kaksi miestä Kouvolasta avuksesi. Heidät on Juutilainen valinnut. Paikalla on huoltomies avaamassa oven. Auton suhteen, Delta-autolta tulee mies, joka pystyy avaamaan auton oven. Auto on tutkittava heti asunnon jälkeen. On täysin selvää, jos huume-erä löytyy, että Juvonen pannaan syytteeseen ja otetaan heti kiinni. Naamiovälineet eivät yksin riitä, koska Juutilaisen mukaan hän on tarkoituksellisesti naamioitunut pystyäkseen hämäämään sitä isoa miestä, tietysti jos ne löytyvät Juvosta täytyy kuulustella ja paljastaa, että häntä epäillään myös huume-erän kätkemisestä.

Hämäläinen päätti puhelun kerrottuaan ymmärtäneensä tehtävän ja ryhtyvänsä toimeen.

139

Hän ajoi poliisilaitokselle ja meni suoraan Juutilaisen huoneeseen.

- Ne sinulle avuksi annetut kaverit istuskelevat jo vihreässä siviili Polossa tuolla parkkipaikalla. Voit lähteä saman tien, Juvonen on omassa huoneessaan raporttihommissa ja minä pidän huolen, ettei hän lähde täältä mihinkään ennen kuin tulet takaisin.

Kotietsintä ei tuottanut mitään tulosta, ei asuinhuoneet eikä varastokomerokaan kellarissa. Poliisit yrittivät pitää kaikki tavarat niiden alkuperäisillä paikoilla, eivätkä muutoinkaan sotkeneet asuntoa millään tavalla. Juuri kun he olivat menossa pihalla autoihinsa, pihaan ajoi kiinteistövälityksen auto ja perässä toinen auto. Autoista nousi yksi henkilö molemmista ja menivät taloon sisään. Välitystoimiston autosta tulleella näytti olevan avain.

Poliisitalon parkkipaikalla Hämäläinen jäi odottelemaan paikalle soitettua Delta-auton huoltomiestä, joka saapuikin kymmenen minuutin kuluttua.

- Päiviä, pyydettiin avaaman Kian ovi. Pitäisi varmaan nähdä poliisikortti vaikka poliisilaitoksen pihalla ollaankin, jutteli huoltomies.

- Tässähän tämä. Hämäläinen KRP:sta.

Huoltomiehellä ei sähkölukkoon mennyt kuin hetki ns. master-avaimella. Huoltomies peräytyi omaan autoonsa odottamaan oven lukitsemista, kun Hämäläinen alkoi tutkia ovitaskuja ja sen jälkeen tavarakoteloa etupaneelissa. Siellähän ne olivat kaikki, viikset peruukki ja silmälasit. Hämäläinen poimi ne mukaansa ja avautti vielä takaluukun. Siellä ei ollut mitään mielenkiintoista, ei edes välipohjan alla olevassa varapyörän kotelossa eikä työkalukoteloissa.

Hämäläinen kiitti huoltomiestä ja meni sisään poliisitaloon taas suoraan Juutilaisen huoneeseen ja kertoi etsinnän tulokset. He alkoivat yhdessä miettiä miten asiat mahtoivat olla.

- Minä olen sitä mieltä, että Juvonen, perkale vieköön, on tehnyt melkoisen keikan! Uskoutui Hämäläinen Juutilaiselle.

- Asian tekee vaikeaksi, kun ei ole näyttöä huumeista. Jos muistat, niin Juvonenhan kertoi meille tutkimuksistaan esitelmöidessään viime torstaina, että hänen oli pakko naamioitua sen ison pojan luo mennessään siltä varalta, että joutuisi myöhemmin näyttäytymään omalla naamallaan!

- Niin, mutta kun Paananen ja hänen kolme gorillaansa toteaa yhdestä suusta, että kuvan esittämä mies oli kauppaajana. Yksi asia on epäilyttävä käytös hänen vapaa-ajallaan, mies menee urkkimaan Lahden poliisiin ja saa ongittua raportin tapauksesta. Sillä eväällähän hän on päässyt äkkiä jyvälle asioista. Ja miksi hän yleensä ottaenkaan on koko jutusta kiinnostunut. Minusta siihen on vastaus, että kaappaamalla huume-erän saa rahoitettua loppuelämänsä. Eikös siltä lopu irtisanoutumisaikakin viikon päästä? Mies on lähdössä lepäämään laakereilleen puolen miljoonansa kanssa. Paanananhan väittää siirtäneensä puoli milliä Luxemburgilaiselle tilille. Paanasella ei tosin ollut nimitietoa saajasta, vain tilinumero. Pankiltahan on turha kysellä tilinomistajasta, varmasti eivät kerro.

- Meidän on viisainta ottaa Juvonen puhutteluun vaikka tähän minun huoneeseeni. Tuoda epäilyt esiin eihän me muuta voida.

- Nyt heti vai lounaan jälkeen?

- Käydään syömässä ensin, jää pikkuisen aikaa miettiä mitä ja miten kysytään. Ei tule olemaan tavallinen kyselytunti kun vastassa on ammatikseen kuulusteluja tehnyt mies.

- Niinpä, mennään syömään, komppasi Hämäläinen ja he lähtivät laitoksen ruokalaan.

34.

Juvonen askarteli raporttinsa kanssa. Hänellä oli iso houkutus kirjoittaa raportti siihen muotoon että syyllinen kyllä oli selvillä, mutta rahat olivat kadonneet. Pienen Jaakobin painin jälkeen hän kuitenkin kirjoitteli rehellisemmän version. Heidi Makkonen niminen nuori opiskelija oli huomannut valtakirjan kyläillessään Kata Heiskasen luona. Rahat hän oli käynyt noutamassa Erja Puustiseksi esittäytyneenä tarkoituksenaan yllättää Kata Heiskanen. Hän oli kuitenkin alkanut katumaan tekoaan huomattuaan, että rahathan varsinaisesti eivät kuuluneetkaan Katalle vaan jollekin vanhalle naiselle. Hän oli ehtinyt käyttää rahoista 200 € ja palauttanut loput. Rahat toimitetaan tietysti oikealle henkilölle Hilda Muukkoselle Palvelutaloon Myllykoskelle. Muukkonen todennäköisesti siirtää rahat sisarentyttärensä Irmeli Haajasen perään katsottavaksi. Juvonen oli tyytyväinen muotoiluun. Heidille tuskin tulisi tästä "vahingosta" seuraamuksia ja rahatkin ovat tallessa. Juvonenkin päätti lähteä syömään laitoksen ruokalaan.

Lounaan jälkeen Hämäläinen tuli uudelleen Juutil-
aisen huoneeseen ja he päättivät tarttua "härkää
sarvista".
- Juvonen tules käymään täällä minun ofiisissa,
huikkasi Juutilainen.
- Istumaan, tällä Hämäläisellä olisi sinulle vähän
erikoista kerrottavaa, antaapa Kostin puhua.
Juvosella kävi kylmät kareet selkäpiissä. Hän pani
vaistomaisesti merkille, että Juutilainen käytti
Hämäläisestä etunimeä aivan kuin jostain tutum-
mastakin kaverista, mitähän helvettiä nyt oli
tekeillä?
- Niin, kun minä olen selvitellyt tätä huumepuolen
asiaa, on ilmaantunut muutama ihmeellinen asia
esiin. Aikani kuluksi piirtelin kuvaasi viiksiä ja
silmälaseja nenällesi ja sitten piirrätin vähän
paremman kuvan, tällaisen, Hämäläinen esitti Ju-
voselle sitä Hyvärisen retusoimaa kuvaa, joka oli
tunnistettu viiden eri henkilön toimesta.
- Tunnistajina ovat olleet Paananen ja kolme hänen
apuriaan sekä Timo Jyrkinen. Mitä sinulla on tähän
sanottavaa?
- Paananen ja hänen kätyrinsähän tunnistavat
vaikka kenet saadakseen jonkun kuseen. Minähän
olen kertonut, että esiinnyin eli naamioiduin Arvi-
sedäksi päästäkseni Timo Jyrkisen asuntoa
silmäilemään. Minulla on vieläkin ne naamioveh-
keet auton hanskalokerossa.
- Ei ole, totesi Hämäläinen kuivasti, ne on minun

144

työpöydän laatikossa. Teimme tänään aamupäivällä ratsian sinun asuntoosi ja autoosi ......

- Mitä helvettiä te olette tehneet! Raivostui Juvonen.

- Millä oikeudella te menette minun asuntooni ja autooni? Mikä on tarkalleen ottaen se näyttö, että on syytä epäillä?

- Näyttöinä ovat yhdenmukaiset ja varmat silminnäkijä lausunnot ja ne naamioi välineet. Ei tässä auta sinunkaan pelihousujasi repiä! Asiahan täytyy jättää meidän kolmen tiedoksi, jos sitä huumesatsia ei löydy. Nämä tapahtumat ovat sattuneet pääosin ilta-aikaan, voisit tehdä vähän selkoa liikkeistäsi vapaa-ajalla, Juutilainen yritti rauhoitella Juvosta, ettei tämä pillastuisi liikaa.

- Vai vielä selontekoja! Juvonen kävi kuumana vieläkin. Sillä vapaaviikolla Lahdessa tapasin ravintolassa naisen, johon tykästyin kerralla. Olen ollut työpäivien illat Lahdessa. Silloin vapaaviikon alussa, kun oli intoa selvittää kavereideni huumejahtia, kävin rouva Rosendahlin kautta Kouvolan rakennusvalvonnassa selvittämässä hallin omistajan ja pääsin sitten hänen avullaan vähän katselemaan paikkoja. Ei siellä mitään ollut ja mielenkiintoni lopahti siihen, tuli seinä vastaan.

- Se nainen voi varmaan vahvistaa sinun vierailut, annapa nimi ja puhelinnumero, Hämäläinen pyysi.

- Hänellä on sellainen työ, että olemme sopineet, että soitellaan vasta kello 16 jälkeen. Tekstiviestejä voi laittaa, Juvonen pystyi olemaan jo hivenen lauhkeampi ja itsevarmempi, joudut tosin laittamaan viestiin nimesi, muutoin hän ei vastaa.

- No johan olet koneen löytänyt, poliisi vai? Hämäläisen kysymystä sävytti ivallinen äänensävy, koska nyt rupesi näyttämään siltä, että Juvosta ei kiikkiin saisi.

- Ei kuulu sinulle!

Juutilainen ja Hämäläinen silmäilivät toisiaan hetken aikaa Juvosen puhistessa tuolissaan.

- No asia on tässä tällä kertaa, päätti Juutilainen tilaisuuden, ikävää, että jouduttiin toimimaan selkäsi takana, mutta ymmärrät kyllä alan miehenä, että se oli ainoa vaihtoehto.

Juvonen pomppasi kuin vieteri ukko laatikostaan ja poistui käytävään ja omaan huoneeseensa rauhoittumaan.

- Voihan perkuleen, perkule, se livahti nyt meidän käistä. Olisi pitänyt kuitenkin ottaa tylympi tyyli, manaili Hämäläinen ja lähti päätään raapien hänkin pois Juutilaisen huoneesta.

Omassa työpisteessään Hämäläinen päätti käydä kotonaan Helsingissä viikonloppuna, mutta päätti mielessään jatkaa sitkeästi maanantaista alkaen taas Kouvolassa. Jotain oli pakko ilmetä, ei 18 kilon huume-erää voinut pitää loputtomasti piilossa ja sen esiintuloon liittyi aina valmistelevia operaatioita, johonkin sellaiseen pitää pystyä tarttumaan. Jos vielä tulee näyttöä Juvosesta, niin sitten on kyyti kylmää. Sitten ei istuskella pyörivissä ja pehmustetuissa työtuoleissa vaan ankeassa kuulusteluhuoneessa muovituolissa ja Juutilaisen hän pitää pois kuulustelusta etsitään todistajaksi joku poliisi. Seuraavaksi Hämäläinen soitti esimiehelleen Vantaalle ja kertoi, että saalis livahti vielä tällä kertaa, kun ei raaskittu panna työkaveria ahtaalle. Mielessään Hämäläinen oli aivan varma Juvosen syyllisyydestä, mutta mihin hemmettiin se oli ehtinyt piilotta sen saaliinsa. Sen naisensa luokse? Niinpä tietysti! Alkuviikosta iskee ratsia sen naisen kämppään!

35.

Perjantaina heti töiden jälkeen Juvonen starttasi kohti Hämeenlinnaa. Ajaessaan hän mietti mitä kaikkea pitää tämän viikonlopun aikana hoitaa ja miten neuvoa Maaritia tulevasta. Juvosen mielestä oli selvä, että huumepoliisi ei noin vain päästäisi saalista karkuun, se tietää etsintää Maaritin asunnossa ja autossa varmasti. Mutta olipas lähellä tänään! Kyllä oli olemisessa pitelemistä, ettei mennyt aivan överiksi, varsinkin kun se Hämäläinen julisti niin varmalla äänellä, että tunnistettu on. Juvonen oli tietämättään nykäissyt juuri oikeasta narusta nimenomaan oikeaa sanamuotoa käyttäen, että Paananen ja sen jengihän tunnistaa kenet tahansa, sillä Juutilainen oli ajatellut asian täsmälleen samoin. Vaikeampi paikka oli nopeasti miettiä arki-illat vapaa viikon jälkeen, oliko hän ollut tekemisessä jonkun sellaisen henkilön kanssa johon Hämäläinen voisi törmätä, hänellä olisi sunnuntai-iltana mahdollista paikata alibiaan, jos on tarvista. Ei tullut ketään mieleen. Ainoat kaksi raskauttavaa henkilöä ovat koiramies Häkkinen ja tietysti rouva Rosendahl. Vielä pulpahti mieleen se Citymarketin kassa, jolle hän oli maksanut 9 kahden kilon vehnä-jauhopakettia, nainen oli silloin katsonut hieman ih-meissään, mutta tuskinpa edes muistaisi hänen naamaansa.

Perillä Hämeenlinnassa Kaurialassa tervetulo-halausten ja rentouttavan drinkin jälkeen Juvonen kertoi tarkasti kaikki asiaan liittyvät tapahtumat ja niiden päälle omat ajatuksensa, miten jatkossa edetään. Maarit oli kaikesta samaa mieltä, oli ollut viisasta, että Esko oli ostanut asunnon Maaritin nimiin. Vaikka poliisi tulisikin tietämään Maaritin nimen, niin pääasia oli, ettei Paananen tulisi sitä tietämään. Suurin yhteiseen tulevaisuuteen liittyvä asia oli ratkaista 18 kg heroiinierän kohtalo. Olisi aikamoinen riski ottaa se lentomatkalle, lentoase-milla on huumekoirat lennon molemmissa päissä. Jos sen jättää Suomeen myöhemmin realisoitavaksi, niin kenelle? Siinäpä oli pohdittavaa kerrakseen.

- Kuule Maarit, uskaltaisinko esittää, että siskosi Lahdessa voisi jemmata sen kellarivarastoonsa, siellä se olisi minun mielestä parhaassa turvassa. Mak-settaisiin Leilalle kunnon säilytyspalkkio.

- Niin, en tiedä. Pitänee kysyä varovasti eli puhua vaan Suomeen jäävästä laukusta, ei sen oikeasta sis-ällöstä. Mikä olisi sopiva sisältöajatus?

- Kerro Leilalle, että siellä on minun vanhat kä-sipainot ja muuta urheilukamaa! Luulisi, ettei se in-noita häntä tutkimaan laukkua.

149

- Sekin pitänee kertoa, että me saatetaan kaupata laukku sisältöineen ja joku voi tulla sitä sovitusti noutamaan jossain vaiheessa, täydensi Juvonen ajatusta ja jatkoi.

- Minä olen muuten sitä mieltä, että Luxemburgin tiliin täytyy olla sinullakin täysi käyttöoikeus, koska perjantaina jo oli melko lähellä käry käydä, niin eihän sitä tulevaisuutta tiedä koskaan. Jos minä jäisin kiinni, niin pitäähän sinun päästä elämisen alkuun minua odotellessa siellä on kaikenlaista menoa huonekalujen ja auton hankinnasta alkaen, esitelmöi Juvonen realistina.

- Niin, kyllähän se minulle käy tietysti.

He viettivät kaiken kaikkiaan lemmekkään viikonlopun käyden kävelemässä Aulangolla ja syömässä Hotelli Aulangossa. He päättivät ostaa kihlat seuraavana perjantai-iltapäivänä, joka olisi heidän kummankin viimeinen työpäivä.

36.

Kouvolan poliisilaitokselle tuli maanantai aamuna hieman erikoinen puhelu. Puhelu pyydettiin yhdistämään Marko Rosendahlin rikosta tutkivalle tai siitä tietävälle poliisille, soittaja oli äänestä päätellen iäkäs nainen. Vaihde ohjasi puhelun rikosylikonstaapeli Hämäläiselle.

- Hämäläinen, kuinka voin auttaa?

- Täällä puhuu Anna Rosendahl. Minulla olisi hieman arkaluontoista asiaa, olisiko mahdollista tulla tänne Eskolan mäkeen nyt heti, en viitsi puhua asiaani puhelimessa.

- Olen siellä viidessätoista minuutissa, kuulemiin.

Ei mennyt ihan viittätoista minuuttiakaan, kun Hämäläinen pimputti Rosendahlin ovikelloa.

- Tekö? Tehän olette jo käynytkin minun luonani, hämmästyi rouva Rosendahl.

- Joo minä olen itse asiassa Keskusrikospoliisin huumeryhmästä ja olen ollut jo kohta kaksi viikkoa ison huume-erän perässä, poikanne Markon piti alkaa jakaa sitä. Minulla on vahva epäilys, että erä on täällä Kouvolassa jossain, sitä on noin 18 g, joten se ei vaadi kovin suurta tilaa. Mikä se teidän asianne oli?

- Joku Markon bisneskaveri toi minulle viime torstaina säilytettäväksi vetolaukun. Tuoja oli kovin lyhyt sanainen ja salaperäinen. Lupauduin muutamaksi päiväksi säilyttämään laukkua kellarissani, mutta nyt olen alkanut pelkäämään kovasti, mitä seuraamuksia siitä voisi tulla minulle, vanhalle ihmiselle. Haluaisin päästä laukusta eroon.

- Onko teillä mahdollisuutta soittaa sille laukun tuojalle?

- Hän antoi kaiken varalle minulle sellaisen prii... mikä se nyt, puhelinnumero kuitenkin.

Hämäläiselle välähti eräs mahdollisuus, hän otti povitaskustaan Juvosta esittävän kuvan ja näytti sitä rouva Rosendahlille.

- Oliko mahdollisesti tämä henkilö?

- Kyllä, aivan varmasti hän. Kuka hän oikeasti on, minä luulen että hän on esittäytynyt tekaistulla nimellä?

- Näin on. Jätetään se oikea henkilöllisyys vielä salaisuudeksi ja viritetään hänelle ansa! Soittakaa tuohon prepaid-numeroon ja ilmoittakaa, että laukku on haettava tänään kello 17. Keksikää jokin syy, pelko tai joku pidempi matka yllättäen, ettekä missään nimessä halua säilyttää laukkua kauempaa. Haetaan se laukku tänne asuntoon ja minä tulen jonkun toisen poliisin kanssa nappaamaan hänet. Teillä ei ole minkäänlaista vaaraa.

Kun laukku oli haettu asuntoon ja piilotettu

vaatenaulakon vaatteiden taakse, Hämäläinen lähti ja ajoi laitokselle. Hän meni oikopäätä Juutilaisen juttusille kertomaan muuttuneesta tilanteesta. Juutilainen oli äimistynyt, hän ei voinut vieläkään uskoa Juvosesta moista, mutta pakko kai oli.

- No eihän siinä sitten mikään auta, ota tuo Laakkosen Pekka mukaasi, on Eskon pitkäaikainen työkaveri, mutta saattaa rauhoittaa Juvosta, ettei se rupea riehumaan.

Hämäläinen oli kuin tulisilla hiilillä valmistautuessaan iltapäivällä nappaamaan viereisessä työhuoneessa ahertavan Juvosen. Hän soitti kolmen jälkeen iltapäivällä rouva Rosendahlille ja varmisti, että tämä oli saanut yhteyden laukun tuojaan ja että tuoja oli tulossa hakemaan laukkua kello 17 aikoihin. Sitä ennen hän oli lähettänyt tekstiviestin Maarit Pesoselle ja sopinut tapaamisesta tiistaina heti työajan jälkeen Hämeenlinnassa erään tavaratalon kahvioon.

Eräs rikospoliisi heitti Laakkosen ja Hämäläisen Eskolanmäkeen Sippolankadulle. Hämäläinen oli sopinut, että järjestyspoliisin Maija saapuu heti 17 jälkeen kerrostalon edustalle. Sisällä Rosendahlin asunnossa miehet piiloutuivat niin, että ulko-ovelta saapuja ei heitä näkisi. Laakkonen meni kylpyhuoneeseen ja Hämäläinen jäi kulman taakse olohuoneeseen. Melko tasan kello 17 ovikello soi ja rouva Rosendahl meni avaamaan oven.

- Hyvä kun tulitte. Viekää tuo laukku tuolta vaatteiden takaa pois. En kerta kaikkiaan uskalla enää säilyttää sitä! Rouva oli käytökseltään todella hermostuneen oloinen kun Juvonen kiskaisi laukun itselleen naulakosta.

- Suuret kiitokset tähän astisesta, kerron Markolle tilanteesta.

- Tuskinpa kerrot! Hämäläinen astui esiin ja myös Laakkonen avasi hiljaa kylpyhuoneen oven. Juvonen vilkaisi hätäisesti taakseen ilmaantunutta työtoveriaan ja sitten katse nauliutui Hämäläisen kädessä olevaan aseeseen.

- Pidätän sinut Esko Juvonen epäiltynä vakavasta huumausainerikoksesta. Varmuuden vuoksi Laakkonen raudoittaa sinut.

- Laakkonen, taluta Juvonen alas ja ulos, siellä pitäisi olla Maija jo paikalla, ja teille rouva Rosendahl toivotan oikein rauhallisia eläkepäiviä, teitte suunmoisesti soittaessanne poliisiin.

Juvonen ehti kuulla Hämäläisen kiitokset emännälle ja tajusi silloin, että hänen pelinsä oli varmuudella pelattu. Nyt pitäisi vain asennoitua muutaman vuoden odotukseen, onneksi hän oli oivaltanut valmistella kaiken.

Suoritetuissa kuulusteluissa Juvonen heittäytyi niin yhteistyökykyiseksi kuin vain voi. Koko operaatio tuli täysin selväksi. Ainoat asiat, jotka hän piti omana tietonaan oli Luxemburgilainen pankkitili ja sen saldo. Hän väitti kuulustelijoille kiven kovaan, että Paananen oli antanut vain pienen käsirahan ja iso summa piti tulla maksuun, kunhan aineen aitous ehdittäisiin tutkia. Toinen asia oli Torremolinoksen

154

asunto ja osoite. Virallisesti se asuntohan ei ollut yksin hänen vaan se oli Maaritin nimissä.

Juvonen sai neljän vuoden tuomion ja passitettiin Mikkelin vankilaan istumaan rangaistustaan. Hän ei valittanut tuomiosta, koska piti sitä kohtuullisena ja jostain syystä häntä ei oltu kytketty Paanasen käskyläisten pahoinpitelyyn vaikka varmasti olisi voitu kytkeä, siksi tarkasti hän oli kertonut tilanteet. Olisikohan Juutilaisen näpit olleet pelissä raportin laadinnan yhteydessä? Juvoselle saapui melko pian saapua kirje Hämeenlinnasta. Heti ensimmäisessä Maarit kertoi Hämäläisen käynnistä sekä siitä, että etenee suunnitelman mukaan ja muuttaa Espanjaan Torremolinokseen niin kuin oli sovittu. Seuraavassa kirjeessä kaksi viikkoa myöhemmin oli jo Espanjan leimat. Kirjeen mukana oli kuvia hankitusta asunnosta ja maisemista asunnon ympäristössä. Kirjeessä Maarit kehui asunnon tekniikkaa,"ihan kuin suomalainen asunto", sekä kulkuyhteyttä kaupunkiin ja rannalle. Kirjeessä oli piirretty paljon sydämen kuvia ja Maarit kertoi ikävöivänsä Juvosta todella kovasti. Hän toivoi hartaasti, että kaksi vuotta menisi nopeasti, koska ensikertalaisenahan Juvonen selviäisi puolella tuomiolla. Sitten kuluikin monta kuukautta, ennen kuin tuli taas kirje Espanjasta, mutta postileiman paikka ei ollut Torremolinos, vaan joku Juvoselle tuntematon paikka. Kirjeessä Maarit kertoi myyneensä Torren asunnon ja muuttaneensa toiseen paikkaan, unohtaen kertoa mihin, sekä siirtäneensä Luxemburgin varat helpommin käytettävälle tilille, mihin pankkiin ja mille tilille sen Maarit myös unohti kertoa. Mukana kuoressa oli valokuva, jossa Maarit loikoi bikineissään aurinkotuolilla ja aivan vieressä loikoi Kosti Hämäläinen.

Kuvan takana oli kirjoitettu:" Koeta jaksaa, kyllä elämä vielä voittaa!" Terveisin Maarit&Kosti. Eikä seuraavaa päivää suinkaan parantanut hänelle saapunut kortti Heidiltä. "Heippa Eskoseni! Käypä pikaisesti HIV-testissä, jos voit!"

Epilogi

Reilu vuosi tämän kuuman elokuun Kouvola tapahtumien jälkeen tosilleen kovin tuttu kolmikko on raahautunut Lahden Trattoriaan oluelle. Kaikilla heillä on kainalosauva ja hohtavat tekarihymyt, sikäli kuin pystyvät hymyilemään. Oikea käsi on vieläkin kantositeessä jokaisella, mutta eihän se oluen juontia estä. Juontia hivenen haittaa se, että vasemmankin käden neljä sormea ovat lastoitettu paketiksi, mutta kuitenkin juuri ja juuri tuoppi pysyy sen aikaa kädessä, että ehtii hörpätä.

157

Puheenaihettakin riittää vuoden takaisesta yllin kyllin, mikäpä niitä on eläkepäivillä muistella.

Heillä oli jo toinen tuoppi mieheen menossa, kun pubiin saapuu mieskolmikko, joista viimeinen vie hymyt jokaiselta oluttriosta, tulijoista viimeinen on jättiläinen, joka joutuu kumartumaan jokaisessa ovessa. Eikä mene kuin hetki, kun hän huomaa oluen juojat.

- No hei pojat! Tehän olette niitä Kouvolan kovanaamoja! Sitä ollaan niin kuin toipumassa kättelystä!

- Hei kaverit, mä meen hetkeksi jututtamaan näitä kolmea soturia. Iso-Timo nappasi itselleen tuolin ja istuutui neljänneksi pöytään.

- Ku-kuinkas sinä olet vapaana? Sai Kokkonen sanottua, Pentikäinen ja Salonius eivät järkytykseltään saaneet sanaa suustaan.

- No, jos osaa käyttäytyä niin kyllä Niuvastakin lomalle pääsee! Mutta mites teillä on mennyt? Onko tää teidän kantapaikka, kun on puhelimetkin pöydällä? Täällähän on sen verran kuumaa, että hikoavat vielä nämä puhelimet. Pannaanpa uimasille hetkeksi. Iso-Timo tiputti kunkin puhelimen oluttuoppiin.

- Noin, nyt ne vähän viilenevät. Ja sulla näyttää olevan pankkikorttikin tuossa kantositeen poimussa, katotaanpa kuinka hyvin se toimii. Annapa se tunnuskoodi, niin käyn myöhemmin kokeilemassa paljonko se antaa rahaa.

Täydellisesti häkeltynyt Pentikäinen paljastaa koodin ja Timo toistaa sen ja kaivaa paperilapun taskustaan ja kynän rintataskustaan kirjoittaen luvun muistin Sen jälkeen paperi ja pankkikortti häipyvät Timon taskuun.

- No, mutta pojat! Joudutteko käyttämään tällaisia risuja kävelyapuna? Timo otti Kokkosen sauvan ja murjaisi sen u-kirjaimen muotoon. Saman tempun hän teki kahdelle muullekin sauvalle ja nousee pöydästä.

- Kiitoksia pojat ja oikein hyvää jatkoa teille kaikille!